기침의 역사

매헌현대시선 **001**

기침의 역사

신익선 시집

인쇄일 | 2024년 01월 02일
발행일 | 2024년 01월 05일

지은이 | 신익선
펴낸이 | 설미선
펴낸곳 | 뉴매헌출판
주소 | 충남 예산군 예산읍 교남길 33
E-mail | new-maeheon@hanmail.net

값 12,000원

ISBN 979-11-984692-6-7(03810)

기침의 역사

신익선 시집

뉴 NEW 매헌

서문

다시 오래된 묵언을 폐기한다.

너희는 속히 사라지거라
저 아마득한 어둠의 골짜기에 쑤셔박혀서
기쁘게 몸을 태우거라

피어나라, 암흑의 사탄아

2024. 1. 5.

신익선

제1부
기침의 역사

제2부
피목일기皮目日記

제3부
폐허가 부르는 폐허의 노래

제4부
가루실 연꽃마을

제1부

기침의 역사

기침의 역사

전철역 채우는 체온이
바삐 허공 엘리베이터 탄다

빌딩 숲, 강남터미널,
밤낮, 농촌, 야산을 넘어

음흉한 산중 올빼미의 사냥감을 찢으려는 찰나다

불쑥불쑥, 쑥부쟁이가
생전의 소리를 이끌고, 이끌고

이끌고, 이끌고, 이끌고는
새 낙원에 가다가

아가, 네 발소리를 듣는다

수증기 길

지푸라기이듯 주방에서 일하는 찬모 주저앉아 떠네
저녁, 귀가 서두를 시간에 전신이 녹아
머리칼 부스스한 여인이 바닥에 주저앉아 우네

목련 꽃봉우리 매다는 밤길 따라
갓 스무 살 난 딸애 손목 잡고 둘이 귀가할 즈음
어디선가 캄캄한 밤의 통증이 퍼져가네
진학 대신 여공으로 갓 취업한 딸애 손목이 잘려나갔네

첫 키스 모르는 뼈 아물지 않은 나이,
여인은 가진 것 없는 어미 탓이라 흐느끼네
비척비척 몸 추슬러 병원에 들어서자
여인의 길이 사라지네, 가스 불에 김치찌개 끓고
기계톱이 절단한 소녀의 손목도 끓어 넘치는

수증기 길 보았나, 우듬지 백목련이
불인두 밤길 달려와 스스로 제 목 꺾어
어두운 그늘 아래서만 숨 쉬는 아픔의 품을 보았나

죽竹

제 몸 벼리는 일이
단숨에 벼리는 일이 전부인
얼어붙은 흙 속에
겨우내 폐부에 쟁인 냉기를 숫돌로
몸 갈다가 임종에 이르러

한순간에 허공을 찌르는 저것

이미 어둠 속 시신은
어둠의 혼령에게 바쳐져
냉골의 시퍼런
속 빈 눈알만 예리한 칼이 되어
어리숙한 사내가 손으로

깊숙이 자기 배 찌르고 분을 삭이는 저것

정성 뇌까리며 땀 흘려도
도저히 견딜 수 없는 울분,

고통과 분노의 눈비,
마른 몸 하나로 버티며

촘촘히 얽혀 끈질기게 사는 저것

하늘 안부

가야산 눈발은 끈을 달고 있네, 하늘에
닿아있는 끄트머리에 눈 크고 알뜰살뜰한 음성 들리네

만나면 수줍게 씨익 웃곤 했지, 제 몸 아픈데
짜장 한 번 안 사 먹으며 먹거릴 아꼈지

소나무 등걸 아래 누운 어멈을 누가 기억하나

허물어져 가는 봉분 덮고 있는 겨울 눈발은 듣고 있지, 톡톡톡 부리로
알 쪼아대는 어미닭과 병아리의 줄탁동시

끈 저쪽 살결들의 분명한 출렁거림,
감나무 언저리 맴돌던 진눈깨비와 뒤섞여

허공을 채우고 있는 허공의 냉기가 걸고 있는 호출음,

생애라는 것은 누군가의 부름에 뛰어나가는 거라네
뛰어나갔다 그 길로 다시 후딱 돌아와
눈밭 산 아래 누워 평안을 얻는 거라네

온몸 긁는 가려움증 닮은 새벽 창문의 검붉은 여명
숨 막히는 아침 빛살 다 묻고
외마디 바람으로 회귀하는 시신을 일으켜

고단한 여로에 하늘도 때로 전화 걸어 안부 묻네

피뢰침

산천어 무리지어 사는 깊은 계곡의 가을 여울목,

이런 후미진 산고랑에서야 머리끝 타고
발꿈치에 흐르는 수만 볼트의 전기를 방류 한다

나의 탄생과 나의 사랑과 나의 여로에 살아가는
밋밋한 일상과 온갖 숨 가쁜 호흡 일체,

방황과 절망까지 내게는 늘 거대한 암석을 동반한 감전이다

편두통이 단골손님으로 이 전류를 관장,

미쳐 방전되지 않는 통증에 자주 나는 혼절하여
갈잎 수북이 쌓인 성주 산중에 들어
생애 내내 나를 내려치는 초고압 전기를 되받아친다

온몸으로 전기를 통과시킨 흐릿한 눈으로

물끄러미 나를 관통해온 생의 벼락들을 바라본다

폐선

시간을 갉는 풍랑의 파도여
제 절망으로 솟아

스스로 횟감 되는 유월 갯숭어 되라

검은 망초꽃 쓸며
수심 펴 올린 물거품 묻힌
낡은 나무토막의 한 생

삐뚜름히 누워 해거름녘 해조음을 삭히는가

밤새 텅 빈 공허 썰어
풋사랑 작부를 품다가 튀어

물살 흉흉한 고택에
살 저미어 켠 붉은 등촉,

파도여, 더러운 에덴을 부수라

딱따구리 반야심경

내 배 찔러 소름 돋는 할복의 외침,

정신의 피의 만나려면 오월 숲으로 갈 일이다

배 가르며 고사목이 내지르는 절규
고목의 반야심경를 들어볼 일이다

용광로 가운데를 건너온 썩은 등걸이
스스로 뇌수를 망치질하여 하늘 몸통에
달아오른 몸으로 허공 길 내다 울컥

부리에 뱉어내는 연두색 오월의 산란을 볼 일이다

막 깨어나는 숲 이파리들은 왜 붉고
집을 만드는 일이란 왜 온몸을 쳐대는지

딱딱 따다닥, 작디작은 몸의 징채
암수 한 쌍이 만들어 가는 숲속 방주에
혼란한 틈새에 제 이름 한 못 쓴

자괴의 고목인 내 몸 하나 혹여 용납될까
두렵고 부패한 나의 나신을 뚫어

벼린 칼날들 눈 뜨는 오월 숲의 절규,

대추나무 등신불

텃밭 가장자리에 곧고 껑충한 대추나무 있다
아래가지들은 나란히 잘려 나갔다 잘린 자욱 옆으로
서툰 톱질에 상한 껍질 아래 수북하다
밑둥치 수북하게 쌓인 윷가락들이 버려져 있다

단단한 질감을 갈무리하였다가
명절 무렵 아이들에게 윷을 만들어 주고 도루 받아낸
붉은 대추나무 밑뿌리에서부터 휑하다
곧장 우듬지로 뻗어 오른 상처가 열려 있다
아직 덜 여물은 하얀 속살 곁에는
대문 열면 펼쳐지던 나의 문전옥답이 들어 있다

이미 팔려 없어진 탯줄 묻힌 텃밭의 흰 눈발에
죽어나간 아픈 시간의 속살을 풀어

육 개월 시한부 암 진단 소식을 전하던 인천 동서,
생을 써는 톱날 아래 볼 붉은 대추나무가
유물처럼 서 있는 나의 등신불에 흰등을 내건다

물행주의 생애

어금니에 짓이겨진
생선 뼈와 눈깔로 뒹굴며 사는

서해의 마지막 물비늘,

왈칵 토해 놓은
목숨 매달고 사는 밥상머리,

볼 얼어 터져도
진물 고드름에 정신 잃고 얼어 죽어
동사자 명단에 오른

초봄 홍매화 꽃눈,

씻어주고 닦아주다 날 저물어
잠시 소갈머리 없는 지상에 내려왔다가
빠르게 사라질

얼음이슬 모체인 생애

후문

내가 물속으로 뛰어든 곳은 실상 물 밖이다

그저 재빨리 잠수하는 것이 사는 길이라 내달지만
수련이파리 키우는 몸짓은 그 반대다

죽을 땐 죽을지라도 물불 안 가리고 뛰어오른
삶의 안이 아닌 삶 밖으로 거침없이 뛰어든 순간들은 뜨거워

입안에 침이 달착지근하다. 꿈결의 달콤함,

신명나는 일, 홍겹지 않다면야
생애를 지탱해준 폭풍우가 다 무엇이랴

다음 생을 버리고라도 나는 네게로 달려간다

초경

벚꽃이 불화로를 피운다

피섬 고목 뿌리 걸려
들어온 갯것들 사는 수족관

안면도 해변이 저것들 고향이다

피섬이 섬인줄 알고
별로 갈 데도 없어
소풍 나왔다가 그물에

너도 나도 하릴없이 걸려서는

탁탁 쳐대는 도마에
낙지가 몸 사리고 우럭이
알몸에 핏물 뭉쳐

서해에 노을을 게워낸다

임존성 밤부엉이

‘시신이 시신을 베고 누워 있는 모습이 끝이 안 보였다’

이 말은 신라본기에 기술된 말이다 임존성에서 싸우다 죽은 백제는
끝이 안 보이게 죽어 널부러진 시신의 동공에
정이월 봉수산정 가시나무에 찢어진 초승달 걸어놓는다

매서운 칼바람 군락은 옛 병영지의 성곽을 에운다

화살이나 큰 목소리가 가장 빠른 전령이었던 산정에서
일 만 때로 이, 삼만명의 부흥군이 운집하여
도저히 말이 되지 않는 십 수만명의 적군과 맞서 싸운 것은

백제가 아니라 심장이었다
황산벌이 아닌 임존성 백제의 선혈이었다

천 사백여 년 전 일이 아니라 매일 일어나는 일상이었다

대문짝만한 돌덩이와 새총알만한 돌들이 뒤섞여 함께 피 흘린
성돌빼어 시궁창 암거 배수로에 던졌는지
크고 작은 살림살이마다 불화로 잉걸불 타는데

임존성 복원이란 명목 아래 성돌 시신이 몽땅 사라졌다

그 대신 떼놈인가 왜놈인가 수입 돌멩이로 보이는 허수아비돌 무리
기생 오라비 뺨치는 매끈한 자태로 우상처럼 서 있다
함지박 성돌은 폐기되었고 원래 성곽 둘레에서 적당히 벗어나
멋대로 돌 쌓고 성안에 진입로를 만들어 놓았다

누구도 쉽게 올라가지 못하였던 임존성은 성이 아니다
결코 몸을 허락하지 않았던 최후의 백제다

시신이 될 줄 미리 알고
시신으로 태어나 시신으로 싸우다 시신으로 돌아가신 백제는
이제 죽어서까지 시신으로 버티고 있던 성벽을 잃었다

깎아 세운 돌무더기 발밑에 시신으로 깔려
외세와 맞서지 않고, 다시 외세에 밀린 백제가 운다

정이월 달빛 토해내며 꺼이꺼이 임존성에서 시방 백제가 울고 있다

필경사 텃밭

니뽄도가 허공에서 섬광 그을 때마다 손목이 튄다

펄떡펄떡 땅바닥에서 튀어오른다 조선 처녀들이
만세 부르며 양 손 치켜든 순간에
섬섬옥수 자른 검붉은 핏물이 외씨버선 물들이던 그때,

밤이면 오 천년 묵은 귀신들 눈이 진무렀다

피범벅 된 조선을 껴안고 큰 강나루 어귀에서
차마 발길 돌리지 못하고 울던 백석강이

가녀린 처녀 손목 묻힌 강나루 텃밭에 초가를 지었다

그때 필경사 텃밭은 온갖 푸성귀보다 먼저
잘린 손목들 함성을 잉태하고 출산하여
그게 보신각 종루에 머리 찧고 죽을 새싹이라 텃밭은

긴장하며 훤히 내려다뵈는 서해에 온몸 사렸다

손 없이 살다 죽은 처녀들이다, 처녀들이
바다 들쑤시며 버선코 물든 핏물 헹구는 사릿날,

어김없이 팔월 백중사리 날, 요동치며 솟구친 필경사 텃밭 위

그예 손목뼈 되살아나 하늘에 떠올랐으니
단순히 밤하늘 별무리를 은하라 부르지 마라

그들은 다 대한의 통곡이 모인 하늘 울음밭 아닌가

칠월 땡감

쪽빛 저승 건너오는 뱀무리

짧은 칠월 밤에
여름 논배미에 똬리 튼다

어미 죽고 혼자 남은
병든 갯처녀

달포 넘도록 쉼 없이

새하얀 홑이불에
울컥울컥 뱉은 푸른 절망

제2부

피목일기

애벌레의 증언

광천 담산리 지나 오서산 북향의 외진 숲길이다

길옆 비스듬히 누운 폐 콘테이너 적막 속으로
보름여 넘게 계속 눈 내리던 간 겨울 한 아낙이 들어왔다

좁고 야윈 등허리에 베게말이 아이가 업혀있다

쫓기고 쫓긴 끝에 다다른 섣달의 절망
미세한 몸짓으로 아이는 젖을 채근하였으나 젖은 말라있었다

숲속 밀폐된 작은 공간 부수며 높이 창공에서
서릿발 돋는 겨울바람 타는 수리개가

삶이랄 것도 없는 베개말이를 벌겋게 녹슨 박스에서 흡입해 갔다

서리병아리 떨듯 떨던 아낙의 실오라기 미소도
한 이레쯤 지나 등에 업은 아이 안고 엎어져 죽었다

두꺼운 콘테이너 바닥 뚫고 들어온 애벌레,

소나무 질긴 뿌리에 매달린 애벌레들이 유일한 목격자라서
눈 뜬 채, 눈 뜬 채로 동짓달 내내 자지 않았다

만 오 년여를 땅속에서 눈뜨고 살다가 수릿날 지나서

오뉴월 불빛 향하여 매미가 제 목을 찢자
지하의 붉은 눈망울들 하나둘 싹틔워 솟구칠 무렵

목숨 줄 길게 풀어놓으며 명줄 거둔 모녀도 그제서 운다

시산리 외나무다리

여기 저기 균열이 간 흙벽락 벽면이 보인다

지붕에 올린 기왓장의 무게를 못 이겨
툭 삐져나온 대들보 화구畫具가 시산리 물도랑에 누워 있다

나는 다 허물어져 가는 집에서 만 팔십 평생을 사시는
키 훌쩍 크고 줄 담배 즐기는 노 스승께서
좋아하시는 그림 그리시다 늦가을 날 개울가로
잠시 마실 오신 줄 알았다 키 훌쩍 큰 외나무다리가

산을 벗 삼아 욕심 없이 살며 태어나신 집에서 노년을 맞는
스승의 모습 같아 슬며시 웃음이 터졌다

명예에 동하지 않고 가난에 의연한 스승의 모습을
은근히 자랑하고 싶어 즐거웠다

나도 충혈 된 눈으로 불빛을 향하여 달렸으나
내가 동침한 것은 기실 무정충의 포식자에 세뇌 당한
불결한 입술과 이미 꺼진 불씨라는 걸 안다

알맹이 없이 껍질만 주렁주렁 달고 서 있는 초가을이
관절 마디마디 자학의 서릿발 낼 터인데
늘 누워 있는 줄 알았던 다리가 단풍을 그린다

시산리 산과 내를 끼고 옹기종기 모인 집들이 박힌다

산골 산수화에 겹친 스승의 청정한 마음 화판,
위태로운 나를 늘 품어 반기는 외나무다리

그윽하고 따스한 외나무다리가 내 가슴에 닿아 있다

개화기

참붕어 파닥파닥 튀어 오르며 성냥개비 불 부친다

예당호 비스듬히 뭍에 오른 물버드나무 아래에서
화약 냄새 짙게 풍기며 작은 물도랑의 돌더미 타오른다

생각할 여지없이 만나고 헤어질 시간을 가늠한 적 있다

등 구부정한 중년을 단숨에 불 지르던 팔월이
마른 수수깡 너머 진눈깨비 분분히 흩날리는 동짓달 그믐밤이다

심방 울리며 눈물 속눈썹 태우며 만난
무더위의 갈망이 타오르던 초봄의 호숫가 그 자리다

물 차오르던 물버드나무 가지에 매달린 얼굴따라

매운 추위 아래 나무 수액이 벌써 아가손 내밀고
마파람 호수가 꼼지락꼼지락 봄아침 준비하는 겨울 난장亂場인데도

쓸쓸하여라, 정념은 사라지지 않을 제 몸을 본다

피목일기皮目日記

부스럭거리는 인기척, 숨소리는
물깁는 소리다 옷 벗으며 물거울 보는 소리다

자근자근 소곤소곤 살랑살랑 옆자리에서
삐죽, 표피 뚫고 나오는 눈알이다

천지간 집 없이 떠도는 구름 밭 아래
모두 다 도망가고 나를 기피할 때

잡초 뽑으며 외진 숲에서 나를 기다리던 외로움이다

눈 내려 쌓이건 비바람 몰아치건
따스한 두 팔 벌려 삼태기 가득 담아

나를 만든 그대의 빛나는 눈물방울

꽃신

오래도록 비어있던 안방에 걸린 사진 속 여인,
나날이 살림살이가 쪼들리자
건장하고 키 큰 데다가 신앙심 두터운 남편과 헤어졌다는데

저것 봐, 빨간 녹슨 대문 입구
저 그늘진 현관 구석에 여인이 신던 꽃신 놓여있다

속곳 비치는 문양 고운 저런 꽃신 본 적 없다
매우 어지러워라 저, 저렇게 황홀한 꽃신을 본 일이 없다

(총각 때부터 나는 여인의 발뒤꿈치에 매혹되다 여인의 치명적인 매력도 발뒤꿈치에서 발원하는 신비의 안개강이 분명하다는 것이 예전부터 품고 있는 결코 깨트릴 수 없는 환상이자 나의 정설이다 여인몸매 중에서 맨 먼저 가장 유심히 바라보는 부위는 구두 힐이 덮고 있는 발뒤꿈치이다 또는 맨발 뒤꿈치이다 이건 아무도 모르는 비밀스런 말이다 나는 거기서만 페로몬향의 설렘을 읽다 더러 머리칼 쓸며 아득해지다가 점차 희미해지는 정신을 겨우 수습하곤 한다)

여자는 이웃 남자의 아이를 회임 중이라 했다
대문간 그늘에 삭아가는 꽃신이
새로 만나 살림 차린 새 남자의 아기를 가졌다고 했다

이웃사람들이 그리 말 전해주지만
천만에 꽃신도 꽃신의 내일을 살아가는 중이다

그늘에서 그늘의 일생을 살다가 몸 벗고 숨 쉬는 것이다

등잔불

수십 년 묵은 묵정밭에
봄 채소를 심을까

쾅, 쇠스랑으로 땅을 찍을 때다

산기슭 잡초더미 사이
숨어 있는 꽃봉우리에서

그제야 들썩이는 봉분이
숨 쉬는 내게 들어와

장차 오래도록 묵을
내 방에 불을 켜고 있다

유목遊牧

황토 머금은 황톳물 마시는 아침
간밤에 빛나던 은하수들은 총총

어디론가 흘러가 뿌리내리지 못하는 부초라도 될까

높고 낮은 지형 그대로
견고하게 우뚝 서 있는 대심방의
핏기 다 사라져
새잎 돋는 사월 이파리에 흔적을 새기는 동안,
어둠에 더 멀어지기 위하여,
더 가까워지기 위하여

단 한 곳에서도 정착 못 하고 떠나야만 숨 쉬는

내 이력을 메우며 가고 있다
피돌기조차 나를 떠나가고 있다

기꺼이 꿈에 들어 방랑과 합류하다

육괴정 고목나무

유년 시절에 아장걸음 걸어 걸어서 시오리길 육괴정 고목나무로 소풍을 오곤 하였다 걸어서 고목나무 군락지인 이곳에 걸어온 소풍길이 꿈길까지 이어지는가,

첫 번째로 지난해 봄에 꾼 꿈 자락에
청와대 안채를 걸어 나와
나를 기다리는 여인의 치맛자락이 풍기는 향기에
어떤 설렘이 매달려 있었다

두 번째로 다시 청와대 밖에서 나와 나란히 걸음 옮기면서
말하였다, 책을 읽으며
남은 생애를 보내겠다는 뚜렷한 음성을 들으며 다소 의아해하고
신비해 하며 설레던 새벽꿈들이
다시 고목나무에 새눈을 틔우고 있다

살면서 매년 봄마다 새눈을 틔운 게 얼마 만큼인가
새 눈을 달고 새 꿈을 꾸며
새 가지내어 삶에 취해 새 세상을 보아온 게 얼마 만큼인가

새눈에 싹튼 새순을 굳혀 집을 이뤄
내 안에 앉아 둥지를 튼 내 피붙이를 달고

올봄에 다시 새 눈을 달고 살아갈
새 둥지의 새 새끼들 눈망울 찬란하다

헛춤

철들지 않아요 남자들은
아무리 늙어도 아무리 앓아도

아스팔트를 엿가락으로 녹이는
팔월 무더위가

휘청휘청 휘청거리며 기세 좋게 도심을 가로질러 내달리다가
탁, 깃발하나 산등성이에 꽂아놓고는 자못 기세등등한 저 꼬락사니는
영락없는 허수아비의 헛춤,

들판에서 남자의 자유가 얻는 것은 바람의 애무, 그 하나일 뿐, 철이 없어 사부랑사부랑 철 모르고 살다가 결국 허수아비가 되어 겨울에서야 화들짝 놀라 흰 눈발에 몸체를 기울고 무너져 주저앉는 남자의 생은, 생을 마쳐도 철들지 않아요, 철들지 않아요, 남자들은 아무리 늙어가고 아무리 무덥고, 아무리 추워도 절대로 철들지 않아요

남자들은 철들지 않아요

연꽃

목숨이 숨 거둔 가슴에서
터지는 울림들, 이를테면 쇄골 타개며
오래도록 솟구치는

심장 아궁이의 무한,

야윈 몸 가르고 정신 타개는
핏줄의 몸부림이

폭풍 장마철 드센 파도를 타고 살아났다는 것,
익사하지 않았다는 것,

험한 굴형에서 살아나와
불타는 실핏줄 정수리

그 끝에서 피어나는 연꽃

피조개

트럭에 실린 피조개

붉은 속살보다
검붉은 피조개 핏물,

서로 한데 모여
도매금으로 팔려나가길 기다리는
예쁜 기녀인가

손끝의 순간 감촉으로
잠행하다가 죽어

노을 삼키는 첫날 밤

덕산천

수암산 고라니
뛰는 봄밤

아지랑이 너울이

살며시 듣는
자운영 숨소리

예산 쇠스랑

천팔백 년 전 광시 뜰 진동시킨 백제 부흥군 쇠스랑 되라
홑겹 무명 옷 입고 무명으로 싸우다 산화한 백제 할아버지들이
대흥 동헌에서 쇠스랑 들고 성큼성큼 걸어오는 예산천변,
새로운 새 시대를 열망하는 그 때 그 심정으로 가열 차게 내리찍어

예산 숨소리, 예산 흙을 분출해내는 봉수산 쇠스랑

초저녁마다 밤하늘 총총 별밭 일구며 빛나는 예산 꿈들이
뜨거운 의기, 올곧은 기상 터트려 보름달 환히 비추는 불굴의 땅,
뜨거운 심장, 뜨거운 예산정기 깨워 흐르는 무한천변,
새벽 창문마다 쌔근쌔근 잠자는 어린 것들 키우며

울퉁불퉁한 땅 고르는 예산의 진산, 금오산 산정

예산에 살면서 예산의 얼을 써가는 글이랑 농부들이
새벽부터 왼 종일 아무런 소득 생기지 않는 원고지 붙잡고 씨름하다

쇠스랑 발 무뎌질지라도 포기하지 않고 글밭이랑 고르며
추사 김정희, 면암 최익현, 매헌 윤봉길 묘소에서 울려 퍼지는

우렁찬 함성들 차곡차곡 펜촉에 받아쓰는 정신의 씨앗

여기다 예산 문인들이 원고지글밭 일궈 글 써가는 땅,
여기다 예산 문인들이 글 쓰다가 결국 늙어 꼬부라질 땅,
여기다 예산 문인들이 그저 묵묵히 글만 쓰다가 마침내 죽어 묻힐 땅,
밤이나 낮이나 오로지 글만 쓰는 예산 산하가

예산 혼불 찍어 올려 목숨으로 알거름 내는 예산 쇠스랑 되라

미륵사지 왕벚꽃

난해한 고대의 상형문자가 삐뚜름히 담배 물었다

미륵사지 석탑 탑신 아래 철푸덕 앉아 있다 누더기 걸친
한 떼의 백성들이 탑신에서 걸어 나와 흐드러진 왕벚꽃망울 아래
하염없이 눈물 흘리고 있다

청정한 계곡물이 염불처럼 산하를 축원하던 땅이다

땅거미지자 일 나간 남정네 기다리는 순한 여인들이
졸지에 점령당한 고토의 외로운 짐승으로 죽어가며 떨군
원통한 핏자국 흥건하다

죽음이라는 것은 찰라의 흔적 위에 긋는 순간의 성호,
영원과 영원의 멸실은 필연,

땅에서 하늘에서 모든 것은 일순간에 지나간다

슬픈 그림자의 안녕을 빌고 빌던
대웅전은 소실되고 쓸모없는 전설만 살아 남는가

국보로 떠받드는 익산 미륵사지, 그늘진
탑신 아래 웅성대던 그림자조차 꼿꼿이 서는 정오 무렵이면 보라

창칼에 죽고 겁탈에 실신한 백성들이다
게타리 동여맨 허기진 분노의 백성들이다

탑신엔 지금 눈망울 부리부리한 왕벚꽃 피다

기침의 역사

신익선 시집

제3부

폐허가 부르는 폐허의 노래

나의 번지수

화톳불이 미쳐
취한 채
불길에 날개 다 불태우며

꿈 사리 사리어

목숨 들여다보는 문패가
없다 번지수,
노을 붉은 저편

내 번지수 없다

덩그렇게 홀로
기둥에 걸었던

나의 꼬맹이 문패

발소리

고요히 일어난 어둠이
버드나무에 걸리는 초저녁

내쏘는 마파람에
개화하는 봄버들 기관지에 새하얗게
순간 숨결을 심으려다

끝내 끝끝내
토방 올라와 마주한 독백,

(그만하오, 원래 나는 없소)

울음을 참는
심중 마른 가지가 쫑긋

물기 굳어진
빙벽의 발소리 듣는다

분갈이

마파람 결 다르다

늘 박혀 있던 자리
불사르는
아지랑이 너울 지천,

돌연 애장이 열려

발가벗은 봄이 오고

개복숭아 나무에
죽음이 싹트고 있다

까치꽃

눈 녹아 깨어난 개여울

되살아나는 플롯은
시퍼런 멍 밟는 달무리인가

언덕 멀리 가까이
다시 또 주검들이 깨어나

하얗게 타는 아지랑이

아침의 체온

아침에 늘 만나는 주방이
서북쪽으로 동남쪽으로

갓 얼굴 내민 간밤의 잠들도
서로 다른 향으로

두어 평의 공간에서 몸을 섞어

냄비에 온기 퍼 담으며
웃음 안으로 울음 밖으로

춘분

꿀벌들 분분하다

농부들 논둑 불놓고

책 읽는 가루실 호수

몰래 온 봄이라고

냇가 가득한 봄물

수암산 소나무

평생 남긴 것은
한 줌 재

이웃사촌이 가고

다시 봄이 오고
솔잎마다 총총

칠십년 생을 받은
송화의 고향

쥐, 어둠을 단짝으로 사는

어둠을 단짝으로
음습한 살강을 뒤져 가며 숨어 살아도 떳떳하여,

비록 글 한 줄 읽고 글 한 줄 쓴 일 없어도 한 푼 남의 재물을 갈취한 적 없이 사람들 주먹의 반에 반도 안 되는 위장을 갖고 그것도 반에 반쯤만 채우며 사는 나를 사람들은 눈 까부라리고 몽둥이로 내려치고 심지어 나를 닮은 물고기인 쥐치를 잡아선 포를 떠 잘 잡수시면서까지 우리 일족을 대대손손 미워하시는 배포야 내 알 바 없다손쳐도 생각할수록 염장 터지는 일은 나를 모델로 하여 미키 마우스를 세워 수천억 원을 번 사람조차 사실은 내 꼬리를 잘랐으니

몸에 비하여 쓸모없이 꼬리만 우라지게 길다고 흉보는 친구들 앞에서 이젠 그 맛나는 기름 단지에서 기름 꺼내 먹는 재미를 영영 잃어버리게 되어 곰곰 생각해 봐도 사람들이 너무하는 것이 명명백백한 진리라 깊이 고민하여 도출해 낸 결론은 아무튼 말이시 새깡이를 까고 또 까고 또 까서 사람 새끼 숫자를 능가하여 땅속에서 땅 위까지 우리도 구획을 그어 왕국이나 공화국을 만들어 대내외에 공포한 뒤 정식 국가로 출범을 하고 우리도 우리나라를 침범하거나 우리를 무지하

게 싫어하면서 끝까지 반성을 않는 사람들을 잡아 포 떠서 잘 잡수시면서 사람들이 역사라고 기록해 놓은 소위 사서史書 따위는 갈갈이 쪼아 없애거나 갉아 먹어 하수구에다 똥으로 내버려 우리의 역사를 다시 만들고는

바스락바스락 사람들이 잠들어 잘 때에도 결코 쉬지 않고 부지런히 땀 흘려 일하며 더 부지런히 살아가기로 합심하여 결정 하고는 사람들 위장의 십분의 일도 안 되는 위장에 사람들이 그리도 탐내는 돈이나 명예 따위를 거들떠도 안보며 어둠 속에서 허겁지겁 일하고 일하며 살아 오는 게 죄라고 온통 잡아 죽이거나 실험용으로 쓰다가 거리에 던져 버리는 이거야말로 죄가 중하여 만 번 죽어 마땅함이 분명한 사실이란 점을 흉악무도한 사람들에게 철저히 주지 시키면서 여태까지는 인내에 인내를 거듭하다가 오늘에 이르러서야 죄를 낱낱이 물어 공박하기로 하는 동시 향후 우리도 확실히 그와 동일하게 대응하여 힘이 달리면 세균으로라도 사람들을 차츰 척살해 갈 것이니

너희 응큼한 사람 공화국의 사람 왕이거나 사람 새끼 독거미들은 이 말을 천붕지탑天崩之塔으로 여겨 경성함이 좋을 터이나 그렇게 하기는 기왕에 틀려 버렸고 이왕지사 더러운 물에 끼어 든 몸이니 이젠 어둠이 아닌 대낮을 단짝으로 짝 잘 바꾸는 걸로 소문 난 어떤 늙은 영감텡이를 모델로 본 받아 짝을 바꾸고 바꾸고 또 바꾸며 몸뎅이를 아예 홀라당 드러내

놓고 살아 드디어 쥐가 주인이 되는 날이 도래할 조짐이니 이게 영 꿈만 같아 자주자주 부딪치고 맞붙어서 밤이 아닌 낮에 신나게 드잽이질을 하기로 하자 이 말여

까놓고 벌거벗고 그 짓까지 마다할 것 읎는디 어따 불은 켜두자고 불빛 아래 미쳐 죽어도 좋다는 함성 지르시며 사시는 쥐이님들이 누가 뭐래도 저 주이님들이 말여 저 주이님들이 쥐 세상의 주인인 것은 만고불변의 진리란 말여 주이님이라는 말 좀 빨리 발음하면 주님이라는 말여, 워뗘 그 말 맞잖여!

시비록施肥錄

(말세에 살다보니 어쩌다 시비詩碑에 오줌을 누게 되었더라 이 말여
말세인지라 그를 쳐다보던 여인 서넛이 깅찰에 찔러 박었더라 말여
달려온 깅찰에게 말했어 지금 시비施肥허는겨, 잘 크라 비료 준다 이 말여)

아니, 보세요, 할아배잖아요? 중절모 쓴.
....
벌건 대낮에 그래, 여기에 오줌눈다면요?
....
수염 허연 어르신이 시빌 훼손하면 되요? 일단 가시죠?

기럼, 깅찰서로 연행허시것다 그거유? 일 읎슈!
나 더러더러 이 동넬 오는 디 오늘은 넓은 보령호술 빙들러왔유
글구 개화공원 지나 여기 성주골 왔유

근디 이 동넨 웬 똥무더기 천지랴?
죽은 선상님덜 빼구 산 새깽이덜이 잔뜩 깔겨 놓은 똥이

솥단지 엎어 놓은 맴시랑 한 아름 씩 인거 안보유?
드런 구린내 코 찔러 아주 죽것유

이보슈, 젊은 깅찰 양반덜 이 성주골을 알아?
자고로 여기는 죽어 나가는 고을여 석탄 캐다 죽고 얼어 죽고
성주산 오르다 죽고 대천바다 괴기 잡다 죽고
허기져 죽고 빨갱이로 몰려 죽었유

바로 엊그제지, 서울 재벌이 개화리에 화장장 들어오려다 결국 빵꾸났유
여긴 한 많은 미아리고개 곱하기 백이라그거유 백!

왜란이 났을 때여 이 동네 사람들 죄다 나가 싸우다 죽었슈
아니, 산촌 시골에 의인들이 그리 많다는 겨,
선조대왕이 놀래서 만세보령이라 했다 이 말유

귀신도 더는 못 들어오는 성스런 고을에 그래 똥무더길 들여와?
그려, 이 늙은 게 시비 걸고 오줌 눴어
오맨서 한번 씩 오줌 눌 때마다 손해만 봤슈, 봐, 물건이 이리 쫄었유
바싹 쫄아 붙어 민숭민숭헌게 꼭 민대가리 같잖유?

참 나원, 시비에 거름 준다고 신고한 고년들 말유

내 물건 실컷 다 보구선 탐도 안났나벼?
뭐여? 나더러 깅찰서 가? 웃기지 마슈

게서 뭐 내게 구류를 살리것어, 벌금 멕이것어, 징역을 박것어?
아, 징역 박으면 시원허게 가서 나두 뭔가 박고 올텡깨
잘왔유, 그런 거 걱정말고 여기다 똥 눈 선상덜 먼저 잡어다 주쇼

나야 만추의 이 좋은 단풍구경이나 허구
고 선상님덜은 똥구녕 홀라당 떼서 똥구녕 징역 박자구
아무리 개새깽이덜이 홀레를 붙어도 씨비는 헐데서 허야지
벌건 대낮에 예 겨들어 와서 똥구녕 벌겨?

사실 말이지 성주골 광부들 죽었을 때 시신 감쌀 수의도 읎었유
피눈물두 다 말라붙어 버린 송장을
거적대기에 둘둘 말아 소나무 밑 묻은 데가 여기여
그 한 많은 귀신들이 맨 먼저 여그다 똥 싼 선상덜 손 봐 줄꺼라구

성주골 귀신들이 절대 여길 그냥 못 지나간댜
지금까지는 무탈허게 살은 듯혀도 두고 봐
고녀리 선상덜 집구석 대들보에

성주산 먹구렝이 보내 우선 아새끼덜부터 조져댈거여
집에 있거나 나가 살거나 간에 무조건 쳐댈꺼여

싸놓은 똥대가리 냉큼 치지 않으면 두고 봐
성주골이 일어서서 카악 퉤퉤퉤 가래침을 뱉고는
성주골 소나무들이 일제히 분기하여 눈 부릅떠서 두고 봐

어느 날엔가는 눈구멍을 석탄 맴시
성주고을 똥 판 만든 나부랭이덜을 반드시 징치하여
시커멓게 아주 시꺼멓게 끝내 두 눈알멩이를 확 빼부린당께
그도 저도 아니면 신종플루 있잖여 그걸 쓴당께

이런걸 보구 똥은 말라도 구리고
개 망신살이 무지개 살 뻗치듯 한다구 하는 겨
성주골 은혜를 저버리는 잡것들이 구걸하는 걸인이지 뭔 시인여?

어라, 그렇게덜 멍허니 넋 놓지 말고 나 잘보슈
나, 이래뵈두 한 대가리 하는 넘여
한번 붙으면 끝장 보는 승질빼기라 그거여

백차 두 대 씩이나 끌고선 자네덜이 연행 워쩌구 늙은일 겁주면 뭇써!
씨비허야 무럭무럭 잘 크는 거 물러?

시비에 시비하는데 뭔 시비여?

육갑 말고 어서들 가보라구, 난 이따 가든 안 가든 헐테
똥 싸게 방치한 게 큰 죄지 오줌 눈 게 뭐 워떠서?

야, 가기 전에 너덜 중에 젤로 어리거나
아니면 젤로 나이든 친구 일루와 담배 불 좀 붙여라
그렇잖으면 지렁이 갈빗대 뽑는 것덜이냐며
당장에 깅찰서 쫓아가서 게서 층와대나 궁민곤충처리반한테 물어
누덜 댓빵 일러주구 대신 불붙이라 허랴?

괜찮다, 혼내지 않을 텡께 야들아 이리 가까이 오래두?

폐허가 부르는 폐허의 노래

하얀 말이 지키고 있던 마굿간 지나 솟을 대문 덩그렇게 서 있던 이 자리에 까치 독사가 혀를 낼름거리며 나그네를 맞아 들이는데 가솔과 전답과 집마저 잃은 이 사내가 그래도 호기만은 그대로라

얼큰하게 취하여 소리치던 버릇은 있어 왈, 어라 이 시러베 아들놈의 새끼 보았나 되련님 행차에 부복도 안하고 요망한 혓바닥만 들이내미냐 호통쳐댔것다 오척 단신 사내의 몰골엔 몇 달인지 모를 안 깎은 수염이 텁수룩한데 거동하는 폼이 이조 오백년 사대부의 부랄을 닮았는지라

몇 번 더 혀를 낼름거리던 이 미물이 까닭 없이 덮쳐오는 사내의 발꿈치를 물었것다 에라이 쳐 죽일 놈의 잡것들아 내 너를 반드시 능지처참 할테다 길길이 날뛰며 뒤를 돌아보려는 순간 독 기운이 퍼져 그만 아득히 정신을 잃고 쓰러졌것다

맹독이 전신으로 퍼져 죽는 일만 남아있는 상황이었는디 천우신조인지 요행으로 지나가는 보리 문뎅이 아낙이 그를 발견하고는 고름 빨던 입으로 사내의 발뒤꿈치 피를 빨아 냈것다 숨만 팔딱거리며 전신이 검은 색으로 변해가는 사내의

신수는 희여멀건한지라 문뎅이 아낙이 저도 모르게 잠깐 정신을 빼앗겼것다

사내의 온 몸을 주무르고 피나는 부분을 감싸주다 보니 문뎅이 피와 사내의 피가 서로 섞여졌것다 만 열흘만에 정신이 든 사내가 기겁하여 도망쳐 도회지에 이르고 보니 마땅히 할 일이 없는지라

그래도 읊은 풍월은 좀 있어 무언가를 끄적거려 써 놓고는 이유도 모르게 시름시름 앓다가 정신이 몽롱해져 가는 거라 일테면 죽어가는 것 이것다 그 판에도 자칭 문인이라고 제녀리 새끼 문학비라도 덩그렇게 세우고 뒈져야 되지 않겠나 궁리를 하것다

그러코롬혀서 순전히 석비石碑로만 세상에서 가장 쓸모없는 단어인 문인이 잉태되고 문인 중에서도 눈 시퍼렇게 살아서 개갈 안 나는 자기 글을 돌에 새겨 여기저기 개똥 싸놓듯 세워 놓는 시인 어쩌구 얼치기 집단이 생겨나는디 요즈음은 대학원 나와서 시를 쓰고 그걸 까발려서 평생 사는데 별 지장 없는 몇몇 잡것들과 늙쟁이 문인들이 진딧물처럼 오밀조밀 늘어났것다

고것들이 잡동사니 같은 시들을 모아놓고 개망나니 논리를 위엄있게 배설하는 세상이 되었것다 고상하고 품위 있게 근

엄한 표정으로 시의 속살을 만지려 맨날 음모를 꾸며 알아들을 수 없는 잡탕어를 모국어와 위대한 시어로 둔갑시켜 시를 철저히 객관적 사물체로 강등시켰것다

그런데도 여기저기서 그물에 몰려드는 개녀리 어족들이 들끓어 악마구리떼처럼 혹은 들개처럼 울어대는 건지 짖어대는 건지 도통 분별을 못 할 지경이것다

사실 분수 모르기로는 세상에서 시인들이 첫째고 둘째는 시인되려는 개녀리 족속들이고 셋째는 그들이 소속되어 있는 단체와 문학잡지것다 이 시러배 잡것들이 아무런 힘도 없이 공연히 호통쳐대길 좋아하는 썩은 왕조의 왕족인줄 알고 문단 패거리를 조성하여 기고만장인디 그 패거리들의 꼬락서니가 아주 사납고 매우 거만하기 이를 데 없어 이를 표현할 말을 못 찾을 지경이것다

참말로 고것들이 옆자리 옆 사람에게 찬물 한 그릇 원고지 한 장 주거나 베푸는 일 없이 그저 기세등등하여 지역 문인들을 호구로 알고 찰거머리처럼 마냥 뜯어 먹는 일만 배워 쳐먹었것다

배운 건 써먹는 법을 워찌 그리 잘 알아 써먹으시는지 나이깨나 쳐 잡수실수록 독불장군의 전횡이 극심한지라 요녀리 족속들이 사뭇 일방적이고 자뭇 봉건적이며 꼴사나운 주

제에 패권지상주의와 봉건적 오만과 독선으로 난장 쳐대는 걸 예사로 알것다

꼴값을 안 할 수 없어 게다가 또 헛기침하며 사랑채에서 시렁줄 흔드는 옛일은 잊지 않아서 쪼무래기들을 모아놓고는 저희들끼리 황홀찬란, 황공무지로소이다 지랄 염병을 떨며 박장대소하는 꼴이 가관이라 남정네는 밑천 다 털리고 여인네는 속 것 다 벗겨져서도 홍얼홍얼 대며 무슨 문학상 개 뼉다귀라도 하나 걸릴라나 턱중배기 치켜들고 오매불망 개 수청들기 바쁜 꼬락서니에 손오공조차도 진짜 저가 원숭이인 줄을 모를 정도것다

이 참에 나도 갈증을 해갈하지 못하여 지팡이 짚고 수건 말이 머리띠 푸르고 십 수년만에 찾아간 후배 시인에게 근황을 물어보앗것다

자네의 육자배기 실린 걸걸한 막걸리 같은 시편들이 생각나서 들러보았네 워디 그간에 써 놓은 시편들을 뵈줄 수 없것나 물었더니 왈, 시는 한 육십쯤 넘어서나 써볼라구유 제시가 뭔 시래유하것다

그려서 내가 왈, 아녀 아녀 나처럼 드럽게 시 못 쓰는 새끼도 시 쓴다고 물 흐려놓는디 자네 시야말로 일품 아닌가베 내가 예전에 한 석달 열흘 쯤 자네 시를 눈깔 옆에 두고 읽었네

근디 지금 자네가 사십 중반이니 육십꺼정 내가 워떻게 기둘러 이 사람아 그때쯤이면 나는 뼈만 남은 송장 쯤 될성 싶은디 허구 응수하고는 문을 나섰것다

그러고는 쌩하니 내 고물 차 몰고 칠월 향나무 새 순 피는 덕산농장을 샛바람처럼 한바퀴 휙 돌고는 내 누옥으로 내 치는데 그때서야 섬광처럼 내가 쇼파에서 일어서 나올 때 그 후배시인이 던지던 말이 귓전에 들어왔것다

아 사방이 폐허인디 뭔 시래유 쓰잘데 없유가 들리것다 허긴 그 말만큼 진솔하고 정확한 말도 없을 터여서 내심 연신 고갤 끄덕이다가 늘 안전띠 매는 습관을 까먹어 차 몰고 오는 중에 순사나부렝이한테 걸려 애꿎은 벌금만 또 물게 되었것다

개 시러배놈들이 문단 워쩌고 판을 맹글어놓고는 끼리끼리 싸바싸바 뿅짝 맞춰 등단시킨답시고 지역에 거주하는 문학 뚜쟁이들과 손잡고는 등단시켜 줄테니 돈 내라 돈이면 띵호와 띵호와 그 즉시 등단이라며 등단장사에 몰두하여 순박한 시골 문인지망생들 정신 삭갈리게 떠들고 등단 후엔 등단모지登檀母紙라면서 포로로 얽어 매어 그야말로 공동묘지나 다름없는 문단묘지에서 온갖 추태를 벌이는 통에 으젱이 뜨젱이 몰려들어 시판詩版은 지금 완전히 폐허것다

고복수 선생이 부른 황성옛터에는 그래도 월색月色이라는 달빛이 들어 있어 쬐끔은 고상하고 쬐끔은 낭만적이기도 허것지만 시방 시판은 완전 엉크러져 달도 별도 없는 깜깜절벽이 틀림 없것다

거기서 글쟁이 등골 뺏골 후려 파 먹기 재미 붙인 대식가에다 지역의 무수한 문인들이 퉤져주길 무진장 고사지내도 꺼떡없이 건재한 거지발싸개 싸구려 문인 불가사리 문인 패거리만 홀로 재미나게 떠들어 대면서 주야장창 고것 참 맛있것다 지극히 아름답것다며 지랄발광하것다.

이권과 명예에 환장병 들어 포식에 탐식에 걸식에 호색에 주색 등의 온갖 잡탕질로 모자라 꼴사납게도 하늘을 찌를 듯한 명예욕과 망나니 펜으로 흡입한 영양가가 모조리 대갈박지로 옮겨가 그 물건들은 오직 대가리 털만 백옥처럼 윤나는지라 수십 년 만에 최고로 무덥다는 한여름에 시가 드디어 사반세기만의 빗장을 풀고 말씀을 하시것다

도저히 견디지 못할 지경이었는지 생전 말 한마디 않하던 시가 냅다 청천벽력 시의 소릴 지르시것다 몹시 오돌오돌 떨게 오싹오싹 몸서리치게 날카로운 시의 소리가 반도의 심장인 차령산맥을 넘어 비명에 비명을 포개어 소리치시것다

시를 써서 쳐 먹고 사는 자슥들이여 개 시판을 만들어 폐허

를 확장시켜 가는 그럴싸한 고급 유한 발싸개들이여 지금 이 말에 귓구멍 달아걸거라

허나 그래도 가치나 정신이나 고뇌나 고독이나 순수가 살아야 시가 살고 인간이 사는 거라고 목울대에 힘주다가 싸다귀 불나게 얻어맞은 어리석은 피붙이여 불쌍한 나의 시 피붙이여 들으라

한 사나흘 간 물 한 모금 안 먹고 원고지 앞에서 넋 놓고 앉아 있는 처량한 폐허의 폐허여 탄식하지 말고 들으라 너의 무대는 본시 옥토가 아니다 황토나 박토도 아니며 산비알도 아닌 산도 별도 달도 물도 짐승도 없는 폐허인거라

사꾸라 문인, 제녀리 자석이 사는 제집에선 오만가지 오입질 박사로 가족들 간에 완전 왕따판, 밖에선 협잡질 박사로 고향에서조차 철저한 미끄럼판, 시판에선 개갈 안 나는 개소리 박사로 웃기는 개판, 문단에선 기괴하고 희한한 권모술수 박사라

핏발 선 눈으로 이권을 찾아 떠돌며 볼썽사납게 깽판 쳐 대는데 이골에다 이력이 넘치시고 경력이 화려하신 늙어 터진 잡종 개들이 어지럽게 들쑤시고 설쳐대도 어이 거 쬐끔도 부러워 할 거 없다 거 다 사꾸라 왕사꾸라 새끼야 곧 뒈진다구그 밑에서 수족 노릇하는 지역에 거주하며 가방 모찌하는 새

끼 사꾸라 개녀리 잡종들도 물론 뒈진다구

그 까짓거 노벨상은 못 받았어도 그딴 게 뭐 대수냐며 자칭 자신의 오줌싸는 시에다 곡을 붙여 문단 후처들 꽃단장시켜 나래비 세워 놓고 오늘 밤은 누굴 시식할까 게슴츠레 쳐다보는 음탕하고 음침한 눈초리로 게걸스럽게 음미하는 저 위대찬란한 어른들을 일일히 대면하여 따져봐야 개털, 몸만 피곤하고 정신 삭갈려 막행 버스 놓치기 십상이니 떼 내어 버려라, 단호히 떼내 버려라

진실을 능욕하는 거짓뿌렁 입술을 도려내라, 환부의 고름처럼 더럽고 치욕스러워라

원고지를 속여먹는 거짓의 폐부를 도려내라 순식간에 흐르고 마는 일생이라는 연극의 막은 속절없이 내리고 마는 것이라 한편 연민 속에 개도적 떨거지들을 도려내고 너도 도려내어 폐허에서 폐허의 노래를 부르거라

똥개들이 모조리 짖어대건 말건 한목소리, 하늘에 닿는 외줄기 돌개바람 같은 한 소절 한 목소리를 흠모하거라

오직 한목소리만 찾고 부르고 소리쳐 외치라며 시의 우레가 산골짜기 외진 오두막 나의 폐허를 휩쓸고 지나가는 것이것다 허긴 문뎅이 피를 받은 나의 혈관도 그리 오래 버티지

못할 것이지만 폐허는 지금 온갖 부유물들로 일견 빛나고 일견 어지럽기 그지없는 혼란한 와중을 뚫는 것이것다.

또 한편으론 쓸쓸하면서도 한바탕 죽기 살기로 싸울 준비를 하는 나의 심장을 쳐대는 것이것다 며칠 내내 폭우 쏟아진 한여름 밤 도랑물의 엄청나고 맹렬한 기세로 나를 엎어 물고는 세차게 영원으로 쏠치면서 이 노래를 들려주는 것이것다

들찔레

장래를 약속한 청년이 신부神父가 되다

한시도 떼 놓지 않던 묵주 돌리며
며칠 밤을 꼬박 새운 여인이 있었다

끝내 입에 칼 물고 쓰러져 신부 앞에서 자진했다

겨울, 한 길이나 눈 쌓이던 당년이다

여인이 생전 돌리던 묵주 하나
시도 때도 없이 쌩쌩 핏빛 언약이 터져

이 봄 굴뚝 옆에 들찔레꽃 토해낸다

진달래

수덕사 앞길
홍성행 완행버스

자갈 깔린
산기슭 신작로

만발한 꽃술
진달래꽃 꽃술

몸 떨던
비탈길에 핀

버들개지

가물어 메마른 봄 들녘에 종일 봄비 내리다

까페에서 웬 사내가 일어나 인사하다
거나 삼십여 년 전에 직원으로 일하던 청년이다
머리 허연 노년으로 눈앞에 서 있다

그때 나는 직원을 나 자신이라 여겼다
동거하는 그의 애인과 그는 자주 내 속을 썩이곤 하였다

오늘 그가 건네는 명함엔 기업체 대표가 있다
겨우 오늘을 버텨온 나는 네가 대견하다

이런 날 너와 소주 한 잔 나눠도 좋은
어깨에 매달린 짐 둘러메고서 둘이 천둥벌거숭로
숲속 물가 버들개지 흰 꺼풀 벗는데

방탕한 젊은 날 발자취 건너 종일 봄비 내리다

치매

나를 잊는 일은
들뜨는 기대

기 쓰며 올라온
땀방울 계단

단숨에 무너져
쓰셔대는 삭신

더러 휘발된 기억이 저절로

고요히 살아나
구들장 달궈

삼켜버린 냉기

기침의 역사

|

신익선 시집

제4부

가루실 연꽃마을

패찰

글쓰기, 글 쓰는 일은 대체 얼마에 흥정될까

유명인사 말하길 우리나라는
러브호텔과 교회와 시인이 가장 많은 나라라고 한다

그렇다면 사랑이라는 말이 쓰레기거나
물질이 온갖 경전들을 파 먹어버리거나
사꾸라 문인들이 글판을 깽판 만든다는 말 아닐까

오늘 밤도 글로 입신하려 날아드는 불나방떼

햇병아리가 문학 운운하며 입만 떼면
앞뒤 가리지 않고 후딱 횃대에 올려 내놓는 문단,
태연히 그를 주선하는 문단 삐끼와 함께
단번에 하체를 까 뭉기고 매음賣淫하는 거리,

글 쓰는 일이 흥정하여 거래되는 매음굴이라면
나도 그 중 일부로 가담한지 오래다

러브호텔을 오래전부터 몇 개 소유하고 있고

이십 수년 전에 이미 교회에서 장로장립을 받았으며
시인의 슬픈 패찰을 떼 내지 못하는 중이라

힐끔힐끔 이런저런 눈치나 보면서
나야말로 불폭포에 뛰어들어 죽는 불나방이라

제대로 맞붙어 쩍지게 싸움 한번 않고
노회한 문인들 틈바구니에서 맥없이

문인 아닌 사꾸라로 정신 팔려 사는 개나발아닌가

막걸리

고향에 가면 팔십 닿은 형들을 형하고 부른다, 혹은 팔십이 훨씬 지났어도 형, 하고 부른다, 쭈글쭈글한 늙은이에게 형, 이라 부른다, 고향에 가면 아우들도 할아버지다. 아우들이 머리 하얗게 세고 주름 덕지덕지해도 성혼시킨 아우 자식들 이름 몰라 그냥 예전 어릴 적 이름을 부른다, 옆구리 꼴망태 끼고 수건으로 땀 훔치며 들일 하는 고향에 가면 저녁 답은 한순간에 온다. 한낮이라는 한 생을 다 살고 죽음 너머에서 마중 나와서 어둠 그늘 밟으며 손짓하는 형, 아우들을 만난다, 만나서

어라,
그새 그 막걸리를
벌써 다

마셔버린 겨?

노상,
낄낄대던
형들이

잘가,
앞서거니 뒤서거니
어둠에 들어

봉분,
그 친근한 마을
길동무할

황홀

고샅 뛰어놀다 그가 하는 말,

'어? 나, 제초제 먹었어'
그런데도 정신 말짱하다던 그가

그러다 곧 쓰러져 일순
멍석말이 문밖에 버려진 그가
몽롱하게 마주보았던 건
죽음 너머 신비였을까

윗목에 털썩 내던져진
몸이 퀭한 눈으로 마지막으로

탐진강 석류

물새 몰리는 탐진강 강기슭 따라 간다

장흥 시내에 이르러 만드는 토요장터,
한우가 유명하다는 정남진의 장흥

강에 물줄기들 들어 북새통을 이룬다

장터를 적시다가 조용히 강물은 나그네의 객관에 흘러든다

아니, 낯선 땅, 힘센 강줄기들이 뜨겁게

한밤중 널방에 들어와 도톰한 입술, 달콤한 목소리로

정분을 피우면 에라, 모르겠다
이 한목숨 다시 산산이 부서진대도

젠장, 내 마지막 무지개 한번 내지못하랴

식어버린 피 달구는 팔월, 탐진강 석류

휘파람 소리

흙을 파낼수록 솟는 찬물

지층에 사는 핏줄이
휘파람 불고 있다
수렁,
수렁의 은밀한 영상이 쏠쳐

스크린에는 그간 모셔온 선배 문인들이 등장한다. 이제는 한두 분 빼고 모두 운명하였는데 신기하다. 칙사대접을 올리는 횟수만큼이나 나는 등 뒤에서 내가 정성껏 대접해 드린 문인으로부터 칼침 맞았다. 그때마다 나는 호되게 앓았다. 그러다가 얼핏 한 가지 공통점을 보았다. 그런 문인일수록 내 놓을만한 작품집이 없다는 걸 알게 되었다. 놀라운 일이나 그러나 그는 약과다. 그런 선배 문인들보다 요즘엔 후배 문인들이다. 옛날 선배 문인 모시는 것보다 월등히 더 곤혹스럽다. 후배 문인을 모시는 일이 오백 배나 더 힘들다. 순간이나마 문인들을 만나고 헤어지는 일이 힘들다 못해 무섭다. 문인이라고 이름 들어간 횃불은 불타오르건 꺼졌건 간에 만나는 게 두렵고 섬찟하다. 감사와 고요가 아닌 괴이한 뒤 담화가 나돌고 속앓인 언제나 내 몫이다.

문인이라는 이름은 봄, 여름, 갈이 지난 초겨울 서릿발인가. 땅을 치솟은 앞니가 발 앞에 돋는 순간 분명하다. 자꾸만 등이 시려온다. 으스스 춥다. 등과 몸이 얼어버린다. 가슴도 메스껍다. 단숨에 화단의 꽃밭이나 저녁노을이 장막에 가려 사라진다. 붉은 저녁놀이 순간에 사라져 버린다. 통증도 심하다. 오래 공들여 온 고요와 잔잔하고 소소한 기쁨 역시 쓸쓸히 소멸한다. 그 대신 어두침침한 터널에서 일어선 고통스러운 황사가 코 틀어막는다. 눈 뜨기도 힘들다. 강하게 휘몰아치는 휘리 바람이 내 몸을 관통하여 우주로 증발해버리고 나는 죽어 휑하게 구멍 뚫린 산중 고사목이 된다.

숨 막히는 고통에
허우적거리다가

사모하고 사모하게 되었다 찬물 뿜는

수령의
그 청정한 휘파람 소리

그 청정할 품속을

혼담

응응응 응응

생후 칠 개월
너는 고작

그 음성뿐이지만
너는 신비

너는 전율

응응응 응응

곱사등이 둥지

바다를 키운 해풍의
아픈 신화가 커서

부풀어 오른 울음봉지

떨어지는 가을낙엽
등허리 실어증 쌓여

산길 억새꽃이
바람 머리풀고 힐끔

돌아보는 나의 묘지

가루실 연꽃마을

어디든 이보다 더 울긋불긋 꽃무더기
꽃마을 없어, 사방천지 봄꽃 천지,

봄꽃 천지 가루실 호수 얼굴이

간 겨울부터 하 많은 울음 참고
살아왔다, 눈가에 봄이
머물렀고 이마에 초여름이 다녀가자

혼자서 겨우내 간직해온 향기가
가루실 호수 태중에 아기 태어나

아홉 살 첫 손자가 크는 동네,

이 동네 가루실 주민들도 뫼 앉아
가루실 꽃피우는 사람 꽃이라

사방천지 연꽃 천지, 연꽃이
사람으로 살아가는 가루실 연꽃마을

김시습 부도金時習浮屠

거추장스런 몸 껍데기 훌훌 벗어 던지고
지상에서 스스로 유배해 버린 후

몸 하나도 힘겹고 벅차라

종적 없이 허공에 사른 목숨 심지가
봄 초립 눌러 쓰고 찾아 와

비분의 뼈물 뭉쳐 불끈 불끈

무량사 팔각원당식 부도의 생애를 펼치는가

살아 있으나 이미 죽었었고
죽었으나 산 몸짓에
잠시 머무른 이승 머리 질겨라

거꾸로 서서 뻗어가는 시퍼런 돌 뿌리

용광로

목숨이 타오르고 있다

목덜미서 숨 거둔
목젖 핏발이
심방을 모조리 태우고 있다

작은 젖가슴 하나
온전히 건사 못한

메아리의 귓속말 하나

해설

시의 새로운 본질에 대한 실험 정신

- 신익선의 시세계

김명수(시인, 효학박사)

<해설>

시의 새로운 본질에 대한 실험 정신

- 신익선의 시세계

김명수(시인, 효학박사)

1. 생명력 있는 언어들

시는 어디서부터 오는가. 시는 언어 즉 말에서부터 온다고 할 수 있다. 이는 일찍이 하이데거(M.Heidegger)가 횔더린과 시의 본질에서 논의한 것이지만 시가 만물의 본질에서 멋대로 설명을 하는 것이 아닌 일상생활 속의 언어들이 시를 통해 빛을 보게 하는 것이 시인의 역할이라 할 수 있다. 신익선 시인의 시집, 『기침의 역사』를 끝까지 읽어 보면 알겠지만 이러한 일상생활 속의 언어들을 가지고 한 단계 승화시켜 시로 발전시켜나가고 있는 사람이 바로 신익선 시인이다. 그의 시는 이쪽 내포 지역, 즉 홍성, 보령, 예산, 당진, 서산 등지에서 쓰는 토속어를 최대한 활용하고 있다. 또 그들의 일상적인 대화 속에서 시의 본질을 찾아 작품으로 승화시키는 작업을 꾸준히 하고 있다.

신익선 시인의 또 하나 놀라운 점은 오래전 경희대학교의 김재홍 교수로부터 사사師事 받던 시와 평론 공부가 김 교수가 몸이 편찮으시면서 부득이 중단할 수밖에 없었는데 항상 이 문제를 안고 고심하다가 드디어 문학박사 학위를 받았다는 사실이다. 그가 연구한 백석 시인의 동화시 연구 역시 어린이들이 함유하는 그 동화에서 그들의 언어와 그들의 사상과 그들의 감정 표현을 어떻게 하고 있는지 살펴보고 연구하고 분석함으로써 언어를 어떻게 활용하느냐에 따라 시로 동화로 동시로 평론으로 나타날 수 있음을 말하고 있다.

사람은 평생 배워야 한다고 했듯이 신익선 시인은 나이와 상관없이 평소 공부하는 것에 게을리하지 않고 또 시 창작 의욕 역시 상상을 초월할 만큼 왕성함에 고개가 숙여진다. 분명한 것은 신익선 시인은 지금, 이 순간에도 '익선제益善齊' 한 귀퉁이에서 책을 펴 놓고 공부를 할 것이고 컴퓨터를 켜 놓고 시를 쓰고 있을 것이다. 그건 이미 출간된 『매헌 윤봉길 1, 2, 3권』을 비롯한 『추사 김정희 1, 2, 3권』과 『도미항 도미 부인』 등 헤아릴 수 없을 정도로 많이 나온 책들을 보면 알 수 있다. 신익선 시인의 왕성한 필력과 사물과 현상을 꿰뚫어 보는 예리한 능력은 타의 추종을 불허할 정도이다. 또한, 그의 사물에 대한 통찰력과 탐구능력은 예민하면서도 매우 분석적이고 창의적이다.

모름지기 시인은 시를 열심히 써야 한다. 쉬지 않고 써야 한다. 그리고 가장 중요한 것 중 하나인 잘 써야 한다는 것이다. 그러기 위해선 공부를 게을리하지 말아야 하고 현장 답사는 물론 참고가 될 수 있는 고서적 역시 열심히 읽는 것을 게을리하지 말아야 한다. 결국, 좋은 글들은 바로 위에서 제시한 그 세 가지 외에 또 글을 쓸 수 있는 환경이 좋아야 함을 말할 것도 없다. 앞에서 말하기를 신익선 시인은 언어를 활용하는 능력이 아주 탁월하다는 얘기를 했지만 이에 못지않은 것 하나가 또 있으니 그게 바로 언어를 창출해내는 힘이 따로 있다는 것이다. 언어가 다소 강한 이미지를 심기 위해 직선적이기도 하지만 그는 그 언어를 통해 모든 사물과 대화하고 창조해내며 쏟아내기도 한다.

본 시집에서 나타나는 것처럼 시인은 언어로써 정립하고 언어로써 존재감을 나타내고 언어로써 사회적 정의를 부르짖으려 한다. 그래야만 시가 내포하는 언어가 생명력이 있고 생명력이 있어야 시속에서 나타내고자 하는 부르짖음이 들리는 것이기 때문이다. 그가 서문에서 '어둠의 골짜기에서 기쁘게 몸을 태우거라, 피어나라, 암흑의 사탄아'라고 부르짖는 것이 바로 그것이다. 그가 언어의 늪에 빠져서 외침으로서 새로운 언어들이 일어서서 꽃을 피울 것이라고 기대하면서 그는 부르짖는 것이다. 따라서 지금까지의 신익선 시인의 삶이 그러했듯이 시인이 구사하는 시의 세계가 좀 더 많은 사람에게 고루 회자되기를 기도하며 그의 시속으로 함께 들어가 보자.

> 전철역 채우는 체온이
> 서로 뭉쳐 허공 엘리베이터 탄다
>
> 빌딩 숲, 강남터미널,
> 밤낮, 농촌, 야산을 넘어
>
> 음흉한 산중 올빼미가 사냥감을 찢으려는 찰나다
>
> 불쑥불쑥, 쑥부쟁이가
> 생전의 소리를 이끌고, 이끌고
>
> 이끌고, 이끌고, 이끌고는
> 새 낙원을 가다가
>
> 아가, 네 발소리를 듣는다

-「기침의 역사」 전문

시인의 시집 첫 작품의 제목이 시집의 제목이 될 만큼 이 작품 하나가 전체를 대변하고 있는 듯하다. 시인은 '기침'을 통해서 시의 서곡을 알린다. 모든 것을 시작하는 새로 출발하는 무언가 새롭게 외치려 하는 의지가 깃들여 있는 작품이다. 시인은 기침을 통해서 시의 전체적인 분위기를 암시하고 있다. 시인은 평범한 이야기를 하려고 하는 것이 아니다. 시인은 그 평범함 속에서 남들이 못 보는 것을 보고 과감히 외쳐대는 것이다. 이는 다분히 시인의 시속에서만 그게 존재한다. 시인은 이미 오래전부터 도심을 빠져나와 자연 속에서 새로운 것들을 찾으려고 시도하고 있었다. 그러나 잘못된 사회적 구조가 그리 쉽게 시인의 손안에 잡히는 것이 아니었다. 그렇다고 시인이 포기할 사람은 아니다. 그럴수록 그의 사상과 변화시키려는 의지는 더욱 강하다.

그러기에 그는 '밤낮, 농촌, 야산을 넘어//음흉한 산을 넘어간다//그때 산중에 있는 쑥부쟁이'가 시인의 외침을 듣고 시인이 추구하고자 하는 새로운 외침들을 이끌고 새 낙원을 향해 간다. 여기서 새 낙원은 언어가 그리는 시인의 세상이다. 때 묻지 않은 사람들이 살고 쉴 수 있는 삶의 공간이다. 언어는 곧 삶이기 때문에 시인은 새로운 언어들을 만들어 내고자 한다. 시인이 불쑥불쑥 내미는 그 언어들은 신선하고 오염되지 않았기에 요리하기가 쉽다. 언어의 맛이 다르다. 따라서 시인은 오늘도 새로운 언어들을 옛것들과 접목하여 새롭게 나아가고자 한다. 그것이 기침의 역사요 시인이 추구하고자 하는 세계이다.

제 몸 벼리는 일이
단숨에 벼리는 일이 전부인
얼어붙은 흙 속에

겨우내 폐부에 쟁인 냉기를 숫돌로
몸 갈다가 임종에 이르러

한순간에 허공을 찌르는 저것

이미 어둠 속 시신은
어둠의 혼령에게 바쳐져
냉골의 시퍼런
속 빈 눈알만 예리한 칼이 되어
어리 숙한 사내가 손으로

깊숙이 자기 배 찌르고 분을 삭이는 저것

정성 뇌까리며 땀 흘려도
도저히 견딜 수 없는 울분,
고통과 분노의 눈비,
마른 몸 하나로 버티며

촘촘히 얽혀 끈질기게 사는 저것

-「죽竹」 전문

죽순이 솟아오르는 오월, 비가 온 뒤 죽순밭에 가면 허공을 찌르듯 솟아오르는 죽순들의 외침을 듣는다. 그들은 지난겨울 언 땅속 깊숙이 몸을 숨기고 몸만들기를 하면서 때를 기다렸다. 그러다 늦은 봄비가 내리고 축축한 습기가 대나무 숲 가득 어리던 어느 날 드디어 디 데이를 잡고 일제히 솟아오른다. 마치 허공 한가운데 그동안 억눌림 당했던 그놈이 있기라도 한 듯 소리 없는 함성을 지르며 일제히 허공을 찌르며 솟아오른다. 그동안 참았던 분노를 분출시키기라도 하듯 무서운 속도로 솟아오른다. 솟아오르는 속도와 숫자가 마치 군무 하듯 대나무 숲은 순식간에 죽순밭이 된다.

죽순들은 일제히 솟아올라 그 옆에 마른 체구로 마디를 챙기며 솟아오른 대나무를 보며 깡으로 버티는 법을 배운다. 힘겹고 어려운 세상이라도, 고통과 분노가 뒤따르는 현실일지라도, 오로지 깡으로 버티며 살아나가는 끈질긴 생명력을 말해주는 대나무를 통해 시인은 또 하나의 삶의 방식을 체득한다. 그리고 외친다. 솟아라, 죽순아, 새로운 세계를 향하여 그리고 뻗어 가라 너만의 세계를 향하여 그리고 일어서라 너만의 세계를 빛내기 위하여. 우린 죽순을 통하여 아주 부드럽지만 가장 강한 대나무가 될 것이란 것을 감지한다. 이는 시간이 가져다주는 또 하나의 행복이다. 시간은 그렇게 기다리는 자의 편이다. 시인은 오직 기다림을 통해서 시의 본질을 찾으려 하는 것이다.

> 산천어 무리지어 사는 깊은 계곡의 가을 여울목,
>
> 이런 후미진 산고랑에서야 머리끝 타고
> 발끔치에 흐르는 수만 볼트의 전기를 방류 한다
>
> 나의 탄생과 나의 사랑과 나의 여로에 살아가는
> 밋밋한 일상과 온갖 숨 가쁜 호흡 일체,
>
> 방황과 절망까지 내게는 늘 거대한 암석을 동반한 감전이다

편두통이 단골손님으로 이 전류를 관장,

미쳐 방전되지 않는 통증에 자주 나는 혼절하여
갈잎 수북이 쌓인 성주 산중에 들어
생애 내내 나를 내려치는 초고압 전기를 되받아 친다

온몸으로 전기를 통과시킨 흐릿한 눈으로

물끄러미 나를 관통해 간다

-「피뢰침」 전문

인간은 살아가는 동안 예기치 않은 복병을 만나 힘들어 할 때가 많다. 그 복병은 글자 그대로 어딘가에 숨어 있기에 갑자기 매우 위험한 존재로 내게 온다. 그게 치명적일 수도 있고 아니면 다행히 비껴갈 수도 있지만, 위험은 언제나 어디서나 존재한다. 그런데 다행인 것은 그걸 미리 예방할 수 있다면 갑자기 닥친 위험일지라도 나를 비껴갈 수 있기에 사람들은 부지런히 예방할 방법을 궁리한다. 그 방법 가운데 하나로 선택한 소재가 피뢰침이다. 여름철 장마나 소나기가 내릴 때면 갑자기 천둥 번개가 치고 그런 다음은 반드시 어느 한구석이 벼락을 맞게 되고 그 벼락으로 인하여 사람들이 죽거나 다칠 수도 있기에 피뢰침 설치를 통하여 벼락으로부터의 피해를 예방한다. 이것은 자연의 재해에 대비해서일 뿐만 아니라 다른 일상생활에서 올 수 있는 것들까지 미리 알아서 예방할 수 있다면 더 할 수 없이 좋을 것이다. 시인은 여기서 그런 점에 방점을 두고 시를 썼다.

또한, 산천어는 깊은 산골의 1급수 물에서 산다. 깨끗하고 신선하기에 사람들의 표적이 된다. 그들은 생존을 위하여 물속 바위틈으로 들어가서 곧잘 숨는다. 관습적으로 앞에 또는 위에 나타난 적으로부터 본능적인 보호막을 치는 것이다. 그러나 어찌 인간의 사악함을 비껴갈 수 있으랴. 사람들은 바위틈이나 돌 틈으로 들어간 산천어를 잡기 위해 아주 고약한 방법을 동원한다. 물속에서 전기가 통하도록 고압 배터리를 이용하여 고기 잡는 방법을 쓰는 것이다. 사악한 인간의 욕심 때문에 1급수에 사는 산천어는 그렇게 죽어간다. 시인은 여기서 말한다. 산천어가 죽어가는 환경과 같은 곳에서 자신에게 흐르는 고압 전류로 인하여 가끔은 혼절하고 편두통을 느끼기까지 하지만 이를 되받아치는 의지와 여력으로 극복해 나간다. 자신을 관통해 나가는 고압 전류 속에도 자신의 본성을 잃지 않고 힘든 현 사회적 현실의 고통을 극복해 가는 쾌감 같은 것을 느끼는 시인의 현실적 고백을 말하는 듯하다.

시인의 자기 초월 능력을 말하는 듯한 이 시속에서 외부로부터 위험한 것들로부터 어려움이 닥쳐올지라도 이 피뢰침을 통해 관통해 나갈 수 있도록, 또는 되받아칠 수 있도록 반만의 준비를 다 해야 할 것이라고 말한다. 다시 말하면 정신이 혼란할 정도로 위험한 상황이 오더라도 나의 정체성을 잃지 않고 앞으로 나아갈 것을 시사하고 있다.

내 배 찔러 소름 돋는 할복의 외침,

정신의 피의 만나려면 오월 숲으로 갈 일이다

배 가르며 고사목이 내지르는 절규

고목의 반야심경를 들어볼 일이다

용광로 가운데를 건너온 씩은 등길이
스스로 뇌수를 망치질하여 하늘 몸통에
달아오른 몸으로 허공 길 내다 울컥

부리에 뱉어내는 연두색 오월의 산란을 볼 일이다

막 깨어나는 숲 이파리들은 왜 붉고
집을 만드는 일이란 왜 온몸을 쳐대는지

딱딱 따다닥, 작디작은 몸의 징채
암수 한 쌍이 만들어 가는 숲속 방주에
혼란한 틈새에 제 이름 한 못 쓴

자괴의 고목인 내 몸 하나 혹여 용납될까
두렵고 부패한 나의 나신을 뚫어

벼린 칼날들 눈 뜨는 오월 숲의 절규,

-「딱따구리 반야심경」 전문

이 시를 읽어 보면 시인은 어느 외진 숲에서 모든 것을 초월하여 사는 듯한 느낌을 받게 한다. 때마침 날아와 그 단단한 부리로 고목을 쪼아대는 소리를 시인은 반야심경을 읽는 소리로 듣고 있다. 이미 시인은 비움의 의식을 통해 모든 것에서 초월해 있음을 암시한다. 딱따구리가 둥지를 만들기 위해 따따따따 하고 그 두꺼운 나무를 쪼아대는 소리를 반야심경을 읽는 목탁 소리로 듣고 있으니 이 얼마나 놀라운 반전인가.

고목이 된 나무는 딱따구리에게 자신의 몸을 내주면서 다시 싱그럽게 올라오는 오월의 숲속에서 새로운 기운을 받고 있다. 고목이 된 자신의 몸을 내주면서도 오히려 회춘하는 것이다. 이는 비우지 않으면 느낄 수 없는 경지다. 이 시속에서 시인의 마음을 들여다볼 수 있는 것은 이미 시인 자신도 고목처럼 주변 모든 것들에 자신을 내어 주고 있다. 그리고 자신을 통해 살찌우는 새로운 생명을 통해 오월의 푸르름을 얻는다. 여기서 시인의 오월은, 시인을 통해 성장해가는 제자들일 수도 있고, 시인을 통해 커 가는 모든 생명체일 수도 있다. 이미 많은 세월을 살아온 내 몸을 통해 누구든 무엇이든 새로운 오월의 숲 같은 싱그러움을 얻을 수 있다면 시인은 기꺼이 모든 것을 내주겠다는 것을 피력하는 것이다.

이 시인의 특징 중 하나는 표현의 절창성이다. 이 시에서뿐만 아니라 각 시의 요소요소엔 좀처럼 볼 수 없는 시의 절창이 있다. '고목의 반야심경' '부리에 뱉어내는 연두색 오월의 산란', '벼린 칼날들, 눈 뜨는 오월 숲의 절규' 등 이 시에서 나오는 독특한 표현들이다. 딱따구리가 고목을 쪼아대다 보면 시인의 머리에는 그 고목의 어딘가에서 어디까지 벌써 반야바라밀다심경의 글자가 보인다. 그건 점점 짙어 가는 오월의 숲에서만 볼 수 있는 상황이다. 그래서 시인은 오월 숲의 절규라고 표현했다. 시인이 즐겨 쓰는 이러한 은유나 상징의 의미는 시에서 안고 가는 고급스러운 기능들이다. 이러한 능력은 시를 한 단계 높여 주기도 하지만 고급스러운 품격을 갖게도 한다. 그러나 '내 배 찔러 소름 돋는 할복의 외침' 같은 조금 과격한 표현은 읽는 사람을 긴장하게 만든다. 이 시인이 추구하고자 하는 철학을 다소 엉뚱

한 곳으로 몰고 갈 위험이 있기 때문이다. 이렇듯 시인의 의식은 시를 통해 여전히 새로운 세계에 도전하려는 의욕이 충만함을 엿볼 수 있다. 이는 앞에서도 말했듯 그만이 취하고자 하는 세계에 그가 사용하는 독특한 언어적 표현들이 쉴 새 없이 등장하기 때문이다.

벚꽃이 불화로를 피운다

피섬 고목 뿌리 걸려
들어온 갯것들 사는 수족관

안면도 해변이 저것들 고향이다

피섬이 섬 인줄 알고
별로 갈 데도 없어
소풍 나왔다가 그물에

너도 나도 하릴없이 걸려서는

탁탁 쳐대는 도마에
낙지가 몸 사리고 우럭이
알몸에 핏물 뭉쳐

서해에 노을을 게워낸다

-「초경」 전문

'피섬이 섬 인줄 알고 /별로 갈 데도 없어/소풍 나왔다가 그물에' 에서처럼 아름다운 노을이 깔린 바닷가에서 피섬이 섬인 줄 알고 나온 낙지나 우럭 등의 바다 것들을 보면서 시인은 연민의 눈으로 그들을 바라본다. 비록 소주 한 잔의 들러리로 불러댔지만, 주방장 손끝에서 맞이하는 마지막 순간들을 시인은 '서해에 아름다운 노을을 토해내는 것으로 마무리하고 있다. 바다 것들의 마지막은 지금도 서해에 아름다운 노을을 만들어 내는 것으로 만들어 가는 것이다. 그때는 바야흐로 벚꽃이 흐드러지게 피는 봄날의 어느 날이었을 게다, 바닷가 언덕배기에 홀로 섰던 그 벚나무가 지난 겨우내 준비한 속살을 아낌없이 펴 보이는 순간을 시인은 초경의 그 날로 승화시켰다.

이런 시인의 은유성이 앞서 말했듯 시의 품격을 높인다는 것이다. 시인의 한 단계 승화된 시의 세계에 몰입하여 시를 읽다 보면 잔잔한 행복감에 젖는다. 이때 독자가 조심해야 할 것은 신익선 시인의 시는 천천히 음미하듯 읽어야 제맛을 느낄 수 있다는 거다. 후다닥 번갯불 콩 구워 먹듯 빨리 읽다 보면 무슨 말을 했는지 잘 알지 못하는 경우가 생기기 때문이다. 벚꽃 흩날림과 초경의 연결은 참 이 시에서만 느낄 수 있는 아름다움의 극치라고 할 수 있다.

니뽄도가 허공에서 섬광 그을 때마다 손목이 튄다

펄떡펄떡 땅바닥에서 튀어 오른다 조선 처녀들이
만세 부르며 양 손 치켜든 순간에
섬섬옥수 자른 검붉은 핏물이 외씨버선 물들이던 그 때,

밤이면 오 천년 묵은 귀신들 눈이 진무렀다

피범벅 된 조선을 껴안고 큰 강나루 어귀에서
차마 발길 돌리지 못하고 울던 백석강이

가녀린 처녀 손목 묻힌 강나루 텃밭에 초가를 지었다

그 때 필경사 텃밭은 온갖 푸성귀보다 먼저
잘린 손목들 함성을 잉태하고 출산하여
그게 보신각 종루에 머리 찧고 죽을 새싹이라 텃밭은

긴장하며 훤히 내려다뵈는 서해에 온몸 사렸다

손 없이 살다 죽은 처녀들이다, 처녀들이
바다 들쑤시며 버선코 물든 핏물 헹구는 사릿 날,

어김없이 팔월 백중사리 날, 요동치며 솟구친 필경사 텃밭 위

그예 손목뼈 되살아나 하늘에 떠올랐으니
단순히 밤하늘 별무리를 은하라 부르지 마라

그들은 다 대한의 통곡이 모인 하늘 울음 밭 아닌가

-「필경사 텃밭」 전문

심훈이 기거하며 글을 쓰던 필경사 근처에 텃밭이 있다. 시인은 이 텃밭에서 시의 모티브를 잡은 듯하다. 일제 36년간 치욕의 세월을 버티면서 살아온 우리 조상들의 아픔을 시로 승화시킨 시인의 예리한 눈빛이 이 필경사의 텃밭에 꽂혔다. 텃밭을 가꾸고 살아온 우리 백성들, 텃밭을 가꾸는 호미를 쥔 손에 태극기

를 잡고, 만세를 부르고 호미로 땅을 파면서 일본 놈들의 가슴을 쥐어 파고 니뽄도에 대항했다. 비록 호미가 니뽄도를 이기지는 못했더라도 우리 백성들의 함성만큼은 저 푸른 하늘로 솟았으니 수만의 백성들이 이곳저곳에서 들고 일어날 수 있는 계기가 되었을 거다. 필경사 텃밭의 함성은 여기서 그치지 않고 더욱 멀리 높이 퍼져나갔을 거다.

'피범벅 된 조선을 껴안고 큰 강나루 어귀에서' '그때 필경사 텃밭은 온갖 푸성귀보다 먼저 /잘린 손목들 함성을 잉태하고 출산하여/그게 보신각 종루에 머리 찧고 죽을 새싹이라 텃밭은'에서 보듯 필경사 텃밭에서 부르짖던 대한독립 만세의 함성은 어느새 전국 방방곡곡으로 번져 조선의 곳곳은 일제 니뽄도에 의해 피범벅이 되었지만, 드디어 보신각종을 두드릴 정도로 전국에 울림이 되었으니 이 어찌 대단하지 아니한가. 그리하여 드디어 조선의 별이 되었고 그 별들이 모인 밤하늘의 은하가 되어 그 은하는 대한의 통곡이 모인 하늘의 울음 밭이라고 시인은 노래하고 있는 것이다. 2023년에 바라본 필경사의 텃밭에서 시인은 대한독립 만세 함성을 듣고 밀물처럼 일어나는 조선 백성들을 보았고 호미를 쥔 그들의 손에서 흘리는 피를 보았고 우리 민족에 대한 자긍심을 보았던 것이다. 지금은 한적한 시골구석에 잡풀들과 함께 놓여 있는 필경사의 텃밭에서 일으키는 신익선 시인의 힘이 여기까지 전해옴을 느끼며 독자들 또한 힘 약한 우리 백성들의 아픔과 함성과 자긍심이 함께 우러나오는 필경사의 텃밭에 바닷바람이 와 놀고 있다.

2. 고독이 키워낸 시인의 상상력

부스럭거리는 인기척, 숨소리는
물깁는 소리다 옷 벗으며 물거울 보는 소리다

자근자근 소곤소곤 살랑살랑 옆자리에서
삐죽, 표피 뚫고 나오는 눈알이다

천지간 집 없이 떠도는 구름 발 아래
모두 다 도망가고 나를 기피할 때

잡초 뽑으며 외진 숲에서 나를 기다리던 외로움이다

눈 내려 쌓이건 비바람 몰아치건
따스한 두 팔 벌려 삼태기 가득 담아

나를 만든 그대의 빛나는 눈물방울

-「피목일기皮目日記」 전문

시인의 어린 시절 그는 홀로 노는 아이였다. 그가 놀고 있는 자리는 개울가 맑은 물이 흐르고 깨끗한 돌멩이들이 친구처럼 옹기종기 모여 있는 곳, 그리고 이름 모를 예쁜 풀꽃들이 옆에서 하늘거리고 있는 곳, 그리고 저만큼 저수지가 있고 멀리 평야가 보이고 더 멀리 산봉우리들 그 위에 흰 구름이 둥둥 떠가는 그런 곳, 거기서 시인은 작은 꽃들과 여린 풀잎들과 그리고 언제나 내 곁을 지키는 외로움과 함께 보낸 시간이 많았었다. 그래서 그 소년의 옆에 있는 것들은 모두 친구가 되었다. 개울가 늘어진 수양

버들도 호숫가 물잠자리도 소년의 손등 위에 눌러앉은 작은 햇살들까지 그래서 지금도 소년은 그 시절의 그것들과 함께 생활하고 있다. 어린 시절을 지켜주었던 친구들이기에 내가 힘들었던 시간을 함께하였던 것들이기에 시인은 지금도 그들을 사랑한다.

여기서 말하는 부스럭거리는 인기척 소리는 어린 시절의 바로 그들이다. 자근자근 살랑살랑 옆자리에서 삐쭉 표피 뚫고 나오는 것들도 모두 그 시절의 여린 친구들이다. 칠십이 넘은 시인이 그 한 자릿수 나이 시절의 그 친구들을 잊지 못한다. 그들은 너무나 자연스럽게 내 사랑의 울타리 속으로 들어와 있기에 시인은 지금도 그들과 함께 행복한 시간을 즐긴다. 아마도 그 행복한 시간 중의 하나가 기침의 역사에서 말했듯 행복한 시 쓰기일 수 있고 행복한 책 읽기일 수 있고 행복한 일을 손수 하는 행복한 시간이었을 지도 모른다. 집 없이 떠도는 구름 밭 아래/ 모두 다 도망가고 나를 기피 할 때//잡초 뽑으며 나를 기다리던 외로움이다. 라고 말하는 시인의 어린 시절로 돌아가 옆에 함께 있어 본다. 외롭지만 시인은 하나도 외롭지 않다. 외로움 자체가 친구고 잡초가 친구고 그 친구 곁에 있는 모든 것 자체가 친구라고 여기고 있기 때문이다. 성인이 된 그는 시인이 되어 여전히 외롭다. 그런데 어린 시절과 달라진 것이 있다면 그의 옆에는 항상 시가 있고 시를 쓰고 시를 쓸 거리들이 산재해 있다는 거다. 그래서 시인은 외로움 자체가 나의 시가 되어 오히려 외롭지 않은 것이다. 그리고 그는 그 시를 쳐다본다. 오늘의 나를 만든 그대의 눈망울들, 나를 만들어 주는 나의 사랑스러운 나의 시 작품들이다.

① 수십 년 묵은 묵정밭에
봄 채소를 심을까
쾅, 쇠스랑으로 땅을 찍을 때나

산기슭 잡초더미 사이
숨어 있는 꽃봉우리에서

그제야 들썩이는 봉분이
숨 쉬는 내게 들어와

장차 오래도록 묵을
내 방에 불을 켜고 있다

-「등잔불」 전문

② 수암산 고라니

뛰는 봄밤

아지랑이 너울이

살며시 듣는

자운영 숨소리

나의 번지수

-「덕산천」 전문

③ 꿀벌들 분분하다

농부들 논둑 불놓고
책 읽는 가루실 호수

몰래 온 봄이라고
냇가 가득한 봄물

-「춘분」 전문

④ 수덕사 앞길
홍성행 완행버스
자갈 깔린

산기슭 신작로
만발한 꽃술

진달래꽃 꽃술

몸 떨던
비탈길에 핀

-「진달래」 전문

이 시인의 특성은 시 속에 많은 이야기를 담고 있다는 거다. 그만큼 우리 주변은 눈에 보이는 모두가 귀에 들리는 모두가 그리고 이루어지는 모든 것이 시의 대상이 되고 시의 꺼리가 되어 얼마든지 좋은 시를 쓸 수 있다는 거다. 그런데 여기 이야기가 있는 시 속에서 짧은 외침의 시들이 반짝거린다. 필자는 이들 중

몇 편을 모아 살피면서 그 반짝이는 이야기 속으로 가 본다.

①의 등잔불은 아주 오래전의 추억을 되살리게 한다. 지금의 세대들은 무슨 이야기를 하는지도 모르고 어쩌면 등잔이라는 단어조차 모를 수도 있다. 지금쯤은 등잔 박물관에나 가 봐야 알 수 있는 것들을 과연 지금의 MZ세대나 더 어린 학생들이 이해할 수 있을까. 기억을 더듬어 올라가면 필자가 3학년 때 우리 집엔 처음 전깃불이 들어왔다. 물론 그전에는 등잔불을 켰다. 작고 하얀 사기그릇에 하얀 무명 심지를 끼우고 그 사기 등잔에는 석유를 가득 채우고 하얀 심지를 적당히 올려 성냥불로 불을 붙인다. 그러면 방안이 환해지고 우린 그 등잔불 밑에서 배를 쭉 깔고 책을 읽고 숙제를 하고 어머닌 바느질하셨다. 그 등잔의 의미는 불을 밝히기도 하지만 저녁에 집을 지키는 역할도 한다. 불을 켜 놓으면 사람이 있는 것처럼 보이기에 밤손님을 예방할 수 있었기 때문이다. 농부는 묵은 밭에 봄 채소를 심기 위해 땅을 판다. 그러다 보면 산기슭에선 이미 봄기운이 숨어 있었기에 예쁘고 향긋한 봄의 새싹들이 솟아오르는 것이 보인다. 등잔불을 켜서 새로운 것들을 엮어내는 것 못지않게 이미 자연 속에는 봄빛이 스며들어 새싹을 틔우고 봄을 밝힌다. 어두운 방에 등잔불을 켜서 환하게 하듯 우리 주변도 봄이 왔기에 새싹이 솟아오르는 것이 온 누리에 불을 밝히는 효과를 가져온다고 볼 수 있다. 등잔불은 어둠을 밝히는 것임과 동시에 우리에게 일하고 글을 읽고 봄빛처럼 변화를 주라는 메시지도 전달해 준다.

②의 덕산천을 보면 짧은 몇 줄의 시 속에 봄의 숨소리를 느끼게 해 준다. 아지랑이 /너울이 살며시 돋는/자운영 숨소리. 이를 생각하면 봄의 소리가 잔잔하고 고요함 속에 아주 살며시 다가와 꽃을 피우고 있음을 알 수 있다. 시인의 봄은 자운영꽃의 숨

소리가 들릴 정도로 고요의 연속이다. ③의 춘분은 꿀벌을 통해 봄날의 바쁜 하루를 그리고 있다. 이 시를 보면 꿀벌만 분주한 것이 아니고 농부는 봄 병충해를 죽이려고 논둑과 제방에 불을 놓는다. 옛날에는 농약이 풍부하지 않았기 때문에, 겨우내 따듯한 풀숲에서 살아남은 병충들을 불을 놓아 태워 없애기 위해 항상 해 왔던 우리 농촌의 한 풍경이었다. 그러나 지금은 화재 날 위험이 있기에 지방자치에서도 불 놓는 것을 금하고 있다. 그런 가운데 가루실 책방에서 시인은 책을 읽고 시를 쓰고 나름대로 바쁘다. 그런 틈을 타 봄은 어느새 우리 곁에 오고 어느새 저만치 가기도 한다. 이런 것이 사람 사는 곳의 한 모습이 아닐까.

④는 시인이 모처럼 수덕사 가는 길에 봄 손님인 꽃술을 만난다. 아직도 포장이 안 된 시골 버스를 타고 산비탈을 지나며 진달래 흐드러지게 핀 봄꽃 사이를 지나면서 시인은 잠시 행복감에 젖어 본다. 정작 봄이란 것은, 꽃을 전해 주는 일뿐만 아니라 우리에게 무언가를 다시 시작하라는 무언의 메시지를 주는 계절이기에 봄을 맞는 사람들이 봄꽃과 함께 봄바람과 함께 봄비와 함께 봄 햇살과 함께 봄의 향기 속으로 가고자 한다.

천팔백 년 전 광시 뜰 진동시킨 백제 부흥군 쇠스랑 되라
홑겹 무명 옷 입고 무명으로 싸우다 산화한 백제 할아버지들이
대흥 동헌에서 쇠스랑 들고 성큼성큼 걸어오는 예산천변,
새로운 새 시대를 열망하는 그 때 그 심정으로 가열 차게 내리찍어

예산 숨소리, 예산 흙을 분출해 내는 봉수산 쇠스랑

초저녁마다 밤하늘 총총 별밭 일구며 빛나는 예산 꿈들이

뜨거운 의기, 올곧은 기상 터트려 보름달 환히 비추는 불굴의 땅,
뜨거운 심장, 뜨거운 예산정기 깨워 흐르는 무한천변,
새벽 창문마다 쌔근쌔근 잠자는 어린 것들 키우며

울퉁불퉁한 땅 고르는 예산의 진산, 금오산 산정

예산에 살면서 예산의 얼을 써가는 글이랑 농부들이
새벽부터 왼 종일 아무런 소득 생기지 않는 원고지 붙잡고 씨름하다
쇠스랑 발 무뎌질지라도 포기하지 않고 글밭이랑 고르며
추사 김정희, 면암 최익현, 매헌 윤봉길 묘소에서 울려 퍼지는

우렁찬 함성들 차곡차곡 펜촉에 받아쓰는 정신의 씨앗

여기다 예산 문인들이 원고지 글밭 일궈 글 써가는 땅,
여기다 예산 문인들이 글 쓰다가 결국 늙어 꼬부라질 땅,
여기다 예산 문인들이 그저 묵묵히 글만 쓰다가 마침내 죽어 묻힐 땅,
밤이나 낮이나 오로지 글만 쓰는 예산 산하가

예산 혼불 찍어 올려 목숨으로 알거름 내는 예산 쇠스랑 되라

-「예산 쇠스랑」 전문

신익선 시인은 그 누구보다 예산을 사랑하고 예산을 찬양하고 예산을 흠모하고 있는 사람이다. 예산을 사랑하는 방법이 관광객이 와서 먹고 돈을 쓰고 한 바퀴 왁자지껄하게 떠들고 가는 것이 아닌 예산의 정신, 예산의 정기, 예산에서 태어나고 살아간 훌륭한 사람들의 정신 업적 흔적 냄새 향기 등 정작 그런 것이 더 중요할 건데 어쩌면 그런 것들은 조금 소홀할 수도 있음에 시인

은 한결같이 예산 정신을 외치고 있다. 땅속에 잠재해 있는, 땅속에 아직도 묻혀 있는 예산의 향기를 쇠스랑으로 파서 꺼내어 우리 후손들에게 예산 사람들에게 알게 해 줘야 되지 않겠느냐고 외친다. 그건 글을 통해서, 문집을 통해서, 교육을 통해서 알도록 해야 한다. 그게 문인들의 몫이고 책임이다. 사람이 먹고사느라 바쁘다 해도 그럴수록 더 외쳐야 한다. 우리 주변에 있는 매헌 윤봉길을, 추사 김정희를, 면암 최익현을 백제 부흥군을 외치자는 것이다. 그래야 우리 예산이 산다. 예산 정신, 충과 효와 정의가 살아 있는 예산의 정신을 올곧게 세워야 한다고 시인은 예산 쇠스랑을 통해 외치고 있는 것이다.

난해한 고대의 상형문자가 삐뚜름히 담배 물었다

미륵사지 석탑 탑신 아래 철푸덕 앉아 있다 누더기 걸친
한 떼의 백성들이 탑신에서 걸어 나와 흐드러진 왕벚꽃망울 아래
하염없이 눈물 흘리고 있다

청정한 계곡물이 염불처럼 산하를 축원하던 땅이다

땅거미지자 일 나간 남정네 기다리는 순한 여인들이
졸지에 점령당한 고토의 외로운 짐승으로 죽어가며 떨군
원통한 핏자국 홍건하다

죽음이라는 것은 찰라의 흔적 위에 긋는 순간의 성호,
영원과 영원의 멸실은 필연,

땅에서 하늘에서 모든 것은 일순간에 지나간다

슬픈 그림자의 안녕을 빌고 빌던
대웅전은 소실되고 쓸모없는 전설만 살아 남는가

국보로 떠받드는 익산 미륵사지, 그늘진
탑신 아래 웅성대던 그림자조차 꼿꼿이 서는 정오 무렵이면 보라

창칼에 죽고 겁탈에 실신한 백성들이다
게타리 동여맨 허기진 분노의 백성들이다

탑신엔 지금 눈망울 부리부리한 왕벚꽃 피다

-「미륵사지 왕벚꽃」 전문

이 시에는 시인의 역사의식이 깊숙이 스며들어 있는 시이다. 이 시에서 시인은 미륵사지가 안고 있는 천 년 전 백제인들의 한을 노래하고 있다. 지금은 불타 없어지고 일부 흔적만 남은 미륵사지가 안고 오는 백제의 절박함, 역사는 어차피 산자의 편에 써지는 것이라고는 하지만 여기 미륵사지엔 당시 백제인들의 한과 설움이 깊숙이 내재되어 있음을 말해주고 있다. 여기서 놀라운 것은 왕벚꽃나무의 등장이다. 벚꽃하면 원산지가 일본이기에 이미 오래전 일본의 영향을 입은 듯 보이나 원래 왕벚꽃 나무의 원산지는 제주도로 알려져 있다. 어쩌면 왕벚꽃나무는 이미 백제 시대 미륵사지가 있는 곳에 존재하고 있었는지도 모른다. 시인은 역사를 내다볼 줄 아는 혜안을 가지고 당시 존재하던 왕벚꽃 나무에서 다시 한번 백제인들의 숨결을 느끼고자 하는 것이다. 또한, 비록 미륵사지에 탑 하나 남아 있지만, 그 탑이 안고

있는 이미지는 미륵사지의 장엄함과 장대했던 모습을 떠올리게 하면서 당시 백제인들이 외적에 점령당한 땅에서 당했을 원통한 일과, 그들이 흘린 핏자국들이 남아 있는 그 미륵사지를 거닐면서 백제인들의 아픔이 왕벚꽃으로 피어 있음을 보고 가슴 찡함을 느꼈을 것이다. '국보로 떠받드는 익산 미륵사지, 그늘진/탑신 아래 웅성대던 그림자조차 꼿꼿이 서는 정오 무렵이면 보라'에서 보듯이 시인의 역사의식은 누구보다 깊고 신중해서 시를 읽는 사람으로 하여금 경건함을 갖게 한다고나 할까.

3. 삶의 현장에서 찾아내는 시어들

(말세에 살다보니 어쩌다 시비詩碑에 오줌을 누게 되었더라 이 말여
말세인지라 그를 쳐다보던 여인 서넛이 깅찰에 찔러 박었더라 말여
달려온 깅찰에게 말했어 지금 시비施肥허는겨, 잘 크라 비료 준다 이 말여)

아니, 보세요, 할아배잖아요? 중절모 쓴.
………
벌건 대낮에 그래, 여기에 오줌눈다면요?
………
수염 허연 어르신이 시빌 훼손하면 되요? 일단 가시죠?

기럼, 깅찰서로 연행허시것다 그거유? 일 읎슈!
나 더러더러 이 동넬 오는 디 오늘은 넓은 보령호술 빙들러왔유
글구 개화공원 지나 여기 성주골 왔유

근디 이 동넨 웬 똥무더기 천지랴?
죽은 선상님덜 빼구 산 새깽이덜이 잔뜩 깔겨 놓은 똥이
솥단지 엎어 놓은 맴시랑 한 아름 씩 인거 안보유?
드런 구린내 코 찔러 아주 죽것유

이보슈, 젊은 깅찰 양반덜 이 성주골을 알아?
자고로 여기는 죽어 나가는 고을여 석탄 캐다 죽고 얼어 죽고
성주산 오르다 죽고 대천바다 괴기 잡다 죽고
허기져 죽고 빨갱이로 몰려 죽었유

바로 엊그제지, 서울 재벌이 개화리에 화장장 들어오려다 결국 빵꾸났유
여긴 한 많은 미아리고개 곱하기 백이라 그거유 백!

왜란이 났을 때여 이 동네 사람들 죄다 나가 싸우다 죽었슈
아니, 산촌 시골에 의인들이 그리 많다는 겨,
선조대왕이 놀래서 만세보령이라 했다 이 말유

귀신도 더는 못 들어오는 성스런 고을에 그래 똥무더길 들여와?
그려, 이 늙은 게 시비 걸고 오줌 눴어
오맨서 한번 씩 오줌 눌 때마다 손해만 봤슈, 봐, 물건이 이리 쫄었유
바싹 쫄아 붙어 민숭민숭헌게 꼭 민대가리 같잖유?

참 나원, 시비에 거름 준다고 신고한 고년들 말유
내 물건 실컷 다 보구선 탐도 안났나벼?
뭐여? 나더러 깅찰서 가? 웃기지 마슈

게서 뭐 내게 구류를 살리것어, 벌금 멕이것어, 징역을 박것어?

아, 징역 박으면 시원허게 가서 나두 뭔가 박고 올텡깨
잘왔유, 그런 거 걱정말고 여기다 똥 눈 선상덜 먼저 잡어다 주쇼

나야 만추의 이 좋은 단풍구경이나 허구
고 선상님덜은 똥구녕 홀라당 떼서 똥구녕 징역 박자구
아무리 개새깽이덜이 홀레를 붙어도 씨비는 헐데서 허야지
벌건 대낮에 예 겨들어 와서 똥구녕 벌겨?

사실 말이지 성주골 광부들 죽었을 때 시신 감쌀 수의도 읎었유
피눈물두 다 말라붙어 버린 송장을
거적대기에 둘둘 말아 소나무 밑 묻은 데가 여기여
그 한 많은 귀신들이 맨 먼저 여그다 똥 싼 선상덜 손 봐줄꺼라구

성주골 귀신들이 절대 여길 그냥 못 지나간댜
지금까지는 무탈허게 살은 듯혀도 두고 봐
고녀리 선상덜 집구석 대들보에
성주산 먹구렝이 보내 우선 아새끼덜부터 조져댈거여
집에 있거나 나가 살거나 간에 무조건 쳐댈꺼여

싸놓은 똥대가리 냉큼 치지 않으면 두고 봐
성주골이 일어서서 카악 퉤퉤퉤 가래침을 뱉고는
성주골 소나무들이 일제히 분기하여 눈 부릅떠서 두고 봐

어느 날엔가는 눈구멍을 석탄 맴시
성주고을 똥 판 만든 나부랭이 덜을 반드시 징치하여
시커멓게 아주 시꺼멓게 끝내 두 눈알멩이를 확 빼부린당깨
그도 저도 아니면 신종플루 있잖여 그걸 쓴당깨

이런걸 보구 똥은 말라도 구리고
개 망신살이 무지개 살 뻗치듯 한다구 하는 겨
성주골 은혜를 저버리는 잡것들이 구걸하는 걸인이지 뭔 시인여?

어라, 그렇게 덜 멍허니 넋 놓지 말고 나 잘 보슈
나, 이래 뵈두 한 대가리 하는 넘여
한번 붙으면 끝장 보는 승질빼기라 그거여

백차 두 대 씩이나 끌고선 자네덜이 연행 워쩌구 늙은일 겁주면 뭣써!
씨비허야 무럭무럭 잘 크는 거 몰러?
시비에 시비하는데 뭔 시비여?

육갑 말고 어서들 가 보라구, 난 이따 가든 안 가든 헐텨
똥 싸게 방치한 게 큰 죄지 오줌 눈 게 뭐 워뗘서?

야, 가기 전에 너덜 중에 젤로 어리거나
아니면 젤로 나이든 친구 일루와 담배 불 좀 붙여라
그렇잖으면 지렁이 갈빗대 뽑는 것덜이냐며
당장에 깅찰서 쫓아가서 게서 청와대나 궁민곤충처리반한테 물어
누덜 댓빵 일러주구 대신 불붙이라 허랴?

괜찮다, 혼내지 않을 텡깨 야들아 이리 가까이 오래두?

-「시비록施肥錄」 전문

이 시는 가사처럼 이야기식 시를 쓴 것이 특징이다. 분명한 이야기가 많이 있기에 시인은 주언 부언 이야기 시를 썼다. 길가 어딘가에 소변 누는 것을 시비施肥하는 것으로 시작되는 이 시는

한때 탄광이 나던 충남 보령 성주골에 가서 영감을 받고 쓴 시인 듯하다. 참으로 어려웠던 시절, 그리고 일제 강점기, 사람들은 먹고살기조차 힘들었던 시기였기에 먹고 살기 위한 것들 외의 것들은 그리 중요하지 않았다. 그러기에 사람이 죽었는데도 수의 한 벌 제대로 못 입힐 정도로 어려웠으니 당시의 힘들었던 상황이 어떠했는지 가히 짐작이 가고도 남는다. 또 하나는 토속어를 최대한 활용하고 있다는 거다. 이용악이나 백석, 서정주의 시에서처럼 토속어를 잘 사용할 경우 시의 특성을 잘 살릴 수 있음과 동시에 시인이 어떤 의도로 왜 그렇게 했을지에 대해 파악하기가 더 쉽다는 거다. 여기서 시 속에 등장하는 보령 서천 홍성 지역의 사투리들이 어떤 의미에선 정감있게 들리는가 하면 그쪽 사람들의 개성이나 특성을 아는 데도 중요한 역할을 한다.

'기럼, 그거유, 옳슈, 깅찰서, 근디, 선상님, 맴시랑, 드런, 오맨서, 봤슈, 눈알멩이, 빼부린당게. 헐터? 워터셔?' 등 이외에도 수없이 등장하는 이 이야기 속의 사투리들은 당시 이 지방 사람들의 개성과 상황을 이해하는 데 도움이 된다. 언어라는 것은 지역마다 특성이 있어 그 지역 사람들의 성격이나 색깔까지도 들여다 볼 수 있기에 이 시속에 등장하는 언어들, 대화들을 살펴보면 사람과 사람과의 관계들이 어떤 상황에 처했을 때 더욱 친밀감 있게 다가가는지 알 수 있다. 시인은 이 지역 사람들의 대화를 유심이 들여다보고 그 특성을 살려 시 속에 용해 시킴으로 생활 속에서 언어가 갖는 특성을 살리려고 애썼음을 알 수 있다. 최근에 이르러서야 우리나라가 경제 대국으로 일어나 잘 살기에 망정이지 당시의 상황이 북한처럼 지금까지 이어진다면 시 속에 나오는 우리의 정감 어린 대화가 문학이란 이름의 한복판에 우뚝 서기란 무척 어려울 것이다.

따라서 이 시는 지난 힘들었던 시대의 한 페이지지만 지금 여유를 갖고 들여다봄으로써 당시의 상황을 더욱 애정 어린 눈으로 보고 이해할 수 있을 것이다. 이런 상황은 「폐허가 부르는 폐허의 노래」에서도 더욱 감지할 수 있다. 독사에 물린 사내가 한 영인의 희생적 처치로 정신을 잃고 쓰러진 뒤 한 여인의 희생적 처치로 다시 정신을 차리고 난 후 시를 쓰게 되고 이 작업으로 사람들을 감동시키기도 하고 삶의 한 편에서 새롭게 시작하는 한 무리의 인간상을 그리고 있다. 여기 등장하는 사람들은 속칭 시를 가르치는 사람, 시를 쓴다고 하는 사람들인데 시인의 눈에 비친 그들에겐 진정성이 별로 없는 듯하다. 다만 글을 쓴다는 사치스러움이 앞에 즐비하게 늘어져 있는 것이 못마땅할 뿐이다.

이것은 비단 시를 쓰는 세계에서 뿐만이 아니고 그림이나 글씨 다른 분야에서도 마찬가지다. 전에는 시인으로, 미술가로 가수로 등단시켜 준다고 그걸 무기로 장사꾼처럼 팔아먹은 사람들이 있었기에 그걸 미끼로 장사를 해 먹는 사람이나 그 방법으로 등단하는 글쟁이들, 화가들, 가수들 이에 해당하는 모두에게 일침을 가하는 시인의 말이 아프게 전해온다. 문제는 이런 바른 말, 옳은 말들이 그들에게 바르게 전달되어 정신을 차리게 해야 하는 데 정작 그들은 지금도 배부르고 떳떳하고 자랑스러운 듯 존재하니 시인의 눈엔 개탄을 금치 못하는 것이다.

> ① 사실 분수 모르기로는 세상에서 시인들이 첫째고 둘째는
> 시인되려는 개녀리 족속들이고 셋째는 그들이 소속되어
> 있는 단체와 문학 잡지다 이 시러배 잡것들이 아무런 힘도
> 없이 공연히 호통쳐대길 좋아하는 썩은 왕조의 왕족인 줄
> 알고 문단 패거리를 조성하여 기고만장인디 그 패거리들

의 꼬락서니가 아주 사납고 매우 거만하기 이를 데 없어 이를 표현할 말을 못 찾을 지경이렸다.

② 개 시러배 놈들이 문단 워쩌고 판을 맹글어 놓고는 끼리끼리 싸바싸바 뽕짝 맞춰 등단시킨답시고 지역에 거주하는 문학 뚜쟁이들과 손잡고는 등단시켜 줄테니 돈 내라 돈이면 띵호와 띵호와 그 즉시 등단이라며 등단장사에 몰두하여 순박한 시골 문인지망생들 정신 삭갈리게 떠들고 등단 후엔 등단모지登檀母紙라면서 포로로 얽어매어 그야말로 공동묘지나 다름없는 문단묘지에서 온갖 추태를 벌이는 통에 으젱이 뜨젱이 몰려들어 시판詩版은 지금 완전히 폐허 것다

③ 원고지를 속여먹는 거짓의 폐부를 도려내라 순식간에 흐르고 마는 일생이라는 연극의 막은 속절없이 내리고 마는 것이라 한편 연민 속에 개도적 떨거지들을 도려내고 너도 도려내어 폐허에서 폐허의 노래를 부르거라

-「폐허에서 부르는 폐허의 노래」 일부

앞에서 말한 것처럼 ①, ②에선 문단 한 귀퉁이에서 일어나고 있는 안 좋은 것에 대해 일침을 가하고 있다. 사실 이 시의 대부분이 토속어를 등장시켜 상당한 독설이 스며 있는바, 이에 해당되는 문인들이 있다면 반성하고 귀담아들어야 할 부분이다. 아주 오래전에도 그런 비슷한 일을 하는 선배 문인이 있어 오랫동안 구설수를 안고 살았는데 지금도 문단 한 귀퉁이에서 그런 짓을 하고 있다는 문인 아닌 문인이 있다면 바로 반성하고 후회하고 사죄하여야 할 것이다. 필자로서는 이것이 진실이 아닌 설로만

끝나길 바라며 시인이 여기서 말한 것은 혹시 그럴 수도 있다는 가설 아래 그러면 안 된다는 순수문인으로서의 충정이길 바랄 뿐이다. 그럼에도 시인은 이런 현실을 전제로 상당히 분노하고 이를 올바르게 바로잡아야 한다는 것을 강력하게 피력하고 있기에 아마도 해당하는 누군가는 양심의 가책으로 이를 바로 잡지 않을까 기대해 본다. 이처럼 신 시인의 글은 아주 강직하다. 아주 강력한 파워가 있고 또 정의적이다. 또한, 사람들에게 울림을 주고 잠자는 마음까지 꿈틀거리게 만든다. 글이란 바로 이런 것이 아닌가 한다. 시가 되었던, 산문이 되었던 누군가는 그의 글을 통해 세상을 바로 보고 힘을 내어 일어서려는 의지를 불태워야 한다.

고향에 가면 팔십 닿은 형들을 형하고 부른다, 혹은 팔십이 훨씬 지났어도 형, 하고 부른다. 쭈글쭈글한 늙은이에게 형,이라 부른다, 고향에 가면 아우들도 할아버지다. 아우들이 머리 하얗게 세고 주름 덕지덕지해도 성혼시킨 아우 자식들 이름 몰라 그냥 예전 어릴 적 이름을 부른다, 옆구리 꼴망태 끼고 수건으로 땀 훔치며 들일 하는 고향에 가면 저녁 답은 한순간에 온다. 한낮이라는 한 생을 다 살고 죽음 너머에서 마중 나와서 어둠 그늘 밟으며 손짓하는 형, 아우들을 만난다.

어라,
그새 그 막걸리를
벌써 다

마셔버린 겨?

노상,

낄낄대던
형들이

잘가,
앞서거니 뒤서거니
어둠에 들어

봉분,
그 친근한 마을
길동무할

-「막걸리」 전문

모처럼 이 시집 속에서 따뜻함을 만났다. 우린 모두 고향이란 단어 앞에 무력해진다. 그냥 따듯해진다. 그냥 안기고 싶고 그 속으로 들어가고 싶은 충동을 느낀다. 이 시인 역시 고향에서 그걸 느낄 것이다. 그러기에 고향에 있는 사람들에게 그런 생각이 드는 것이다. 예부터 고향 벗은 십 년 타향 벗은 이십 년이라 했다는데 시인의 나이 칠순에 들었으니 고향에 있는 팔십의 이쪽저쪽 사람들 모두가 형이라 부르는 것이 당연한지 모른다. 형이라 부르면 그만큼 가깝고 정감이 간다. 아주 어렸을 때 형들의 뒤를 쫄랑쫄랑 따라다니던 추억이 이제 구십과 더불어 얼마 안 남은 인생의 끝자락에서 형으로 안겨 오는 그 애잔함, 모처럼 만난 막걸리판에서 주고받는 한 잔의 막걸리 속에 팔십 평생 못다 한 말들이 함께 녹아 있으니 무슨 말이 필요하리오. 언젠가는 앞서거니 뒤서거니 하며 저 앞에 봉분이 늘어설 건데 시인은 막걸리를 통해 무언의 교감을 나누는 것이다. 이게 바로 고향에서만이 느낄 수 있는 인간미가 아닐까.

① 어디든 이보다 더 울긋불긋 꽃무더기
꽃마을 없어, 사방천지 봄꽃 천지,

봄꽃 천지 가루실 호수 얼굴이

간 겨울부터 하 많은 울음 참고
살아왔다, 눈가에 봄이
머물렀고 이마에 초여름이 다녀가자

혼자서 겨우내 간직해온 향기가
가루실 호수 태중에 아기 태어나

아홉 살 첫 손자가 크는 동네,

이 동네 가루실 주민들도 뫼 앉아
가루실 꽃피우는 사람 꽃이라

사방천지 연꽃 천지, 연꽃이
사람으로 살아가는 가루실 연꽃마을

-「가루실 연꽃마을」 전문

가루실은 시인이 살아가는 동네다. 필자도 시인을 만나러 갔었는데 작은 호수가 있고 그 앞에 작은 산과 구릉이 있고 햇살이 잘 들고 아늑해서 평화로워 보였다. 더구나 거기에 연꽃까지 피어 있으니 이는 금상첨화다. 아마도 가루실은 시인의 불화 같은 성미가 솟구칠 때 어린아이 잠재우듯 평안하게 다져주는 맛이 있는 것 같다. 그건 자연환경의 힘이다. 자연은 우리들에게 많은 것들을 안겨 주지만 가장 많은 영향을 주는 것 중 하나가 마음을 다스리는 힘을 준다. 가루실은 동네 이름도 예쁘지만 가루실에 내리는 햇살, 가루실에 부는 바람, 가루실에서 크는 동식물들 모두가 잔잔함을 주고 평화로움을 주고 따뜻함을 주기에 시인은 여기서 많은 글을 쓰고 많은 생각을 키워 왔는지도 모른다. 더구나 봄이면 더 무수한 꽃들이 가루실을 덮고 있기에 시인은 가루실 속에서 행복한 한때를 보낼 수 있는 것이다. 자신이 있는 곳을 사랑하고 아끼는 마음이 가득 들어 있는 가루실 연꽃 마을을 통해 시인의 따듯함 마음을 헤아려 보는 시간을 가져 본다.

신익선 시인의 시를 읽으면서 우리 주변에 쉽게 얻을 수 있는 것들을 시의 제목으로 잡고 그 속에 잠재하고 있는 의미를 끌어내어 한 편의 작품으로 승화시키는 시인의 놀라운 잠재능력은 우리에게 많은 것들을 시사해 준다. 이 속에서 우리는 신익선 시인의 치열한 시 정신을 배워야 한다는데 커다란 의미를 두고 싶다. 또한, 많은 시속에는 우리 지역만의 토속어를 최대한 살려 그 가치를 더욱 깊게 하고 그 덕분에 그 의미를 쉽게 알아차릴 수 있었고 그 말이 무엇을 말하는지 속 갚은 뜻을 간파하기가 용이했음을 알 수 있다. 모름지기 시가 가진 의미는 깊고 맛이 있어야 하지만 그만큼 맛있는 시어를 찾아 쓰는 것 또한 쉬운 일은 아니다. 사투리가 많이 들어 있는 시는 지역에 따라 거부감도 일으키지만, 맞춤법이나 띄어쓰기가 틀려지기 때문에 책으로 만들어질 때 상당 부분이 오해를 받을 수도 있기 때문이다. 물론 시가 갖고 있는 특성상 모두 이해를 해야 할 부분이지만 그 이전에 시집의 서문이나 끝에 이 시집의 성격이나 과정을 밝혀 읽는 사람들에게도 행복한 서비스를 해줘야 함은 물론이다. 따라서 필자는 신익선 시인의 시를 읽어 오는 동안 지역의 독특한 특성을 다시 한번 알 수 있는 계기가 되었고 이 시속에 잠재해 있는 의미가 무엇인지 간파할 수 있는 능력을 키우는 데도 많은 도움이 되었음은 물론이다.

시인은 모름지기 시로써 말을 해야 하고 시로써 모든 것들에 대해 승부를 걸어야 한다. 축구 선수가 입으로 하는 것이 아닌 진정한 경기를 통하여 승부를 내듯이 시인은 시를 통하여 존재감을 나타내야 함은 물론이다. 시인은 누가 뭐래도 천상천하유아독존天上天下唯我獨尊이다. 이 세상에 내가 최고라는 의식을 가지고 자신감 있게 써야 시인으로서의 구실을 제대로 할 수 있다고 했다. 우리가 두보와 이백의 시를 통해 진정한 시의 세계를 알 수 있듯이 신익선 시인의 깊고 힘차고 저돌적인 시의 세계를 탐닉하면서 다시 한번 좋은 시를 읽게 해 준 신익선 시인에게 감사드리며 시인으로서, 평론가로서 대성大成하기를 기도한다.